PREFÁCIO

Com grande prazer naveguei na leitura da criativa ficção de Roland Fischmann.

Obra escrita com muita propriedade e emoção, que penetra a rotina de um policial científico judeu que, diariamente, em um IML, convive com a manipulação de corpos e todas as suas angústias diante de casos de mortes coletivas e assassinatos.

Em uma dada manhã, o perito tem sua rotina quebrada. Recebe a missão de participar não somente da perícia como de toda a investigação, em busca de solucionar o caso da morte de um rabino.

A trama tem como pano de fundo um olhar criterioso diante da morte: não um olhar para um corpo com um número, seguindo protocolos estanques, e sim um olhar para um corpo de um homem morto que possuía uma história de vida, mudando assim todo o rumo para a elucidação do mistério.

A discussão do crime passa pela análise de todos os elementos e pessoas envolvidos: esposa, família, amigos e também as relações de poder que se associam ao papel de rabino em uma comunidade, levando os personagens e o próprio leitor a discutir valores que construímos durante a vida, seja na profissão, seja na vida pessoal. Valores como amizade, gratidão e honra.

O rabino, após a morte, tem a vida vasculhada para verificar inimigos e possíveis assassinos; são levantadas suas últimas ações em vida, e começa a ser percebido que ele era um homem, antes de ser rabino.

Ser rabino é uma profissão? Uma missão? Um rabino pode deixar de ser rabino? Pode trocar de profissão? Quando morre, seu legado, seus atos influenciam sua comunidade? Ao longo da investigação, ao ouvir os depoimentos, Luciano, o perito policial, se depara em vários momentos com essas questões.

O autor, durante toda a trama, demonstra as aflições de seus personagens diante da rotina e da vida cotidiana, com todos os percalços de suas funções, com seus dilemas pessoais e com o árduo trabalho do perito que investiga as causas de muitas mortes.

Quem pode tirar a vida? Quem dá a vida? Como um homem é capaz de um ato tão radical ao tirar a vida de alguém ou de si mesmo? Qual o sentido da vida?

Como o desvendar de um crime pode gerar tantas perguntas não respondidas e questionamentos sobre a vida de um homem, seja rabino, seja médico, seja um investigador?

Na luta pela sobrevivência, cruzamos com a vida e a morte a todo instante e nos debatemos sobre como preservar a dignidade humana num momento tão doloroso.

Podemos ir além com a leitura desta bela obra e perguntar como viver e conviver com dignidade. O livro é um suspense ou uma ficção? Posso apenas afirmar que é um enigma, um estudo de caso policial muito bem articulado e de leitura instigante!

A leitura do texto de Roland Fischmann é inspirada e inspiradora!

Recomendo a obra!

Rabino Henry I. Sobel
Outubro 2013

Luciano estava completamente molhado de suor. Não porque aquela noite estivesse mais quente que o habitual naquele verão, mas porque os pesadelos constantes que o assolavam faziam com que tivesse até medo de fechar os olhos. "Alice", pensou novamente. Virou-se de lado para abraçá-la, mas não havia mais ninguém na cama. Alguns minutos dolorosos, vagamente conscientes, se passaram. Agora estava acordado o suficiente para perceber e fazer o esforço habitual para tirá-la de sua imaginação. "Preciso parar de tomar esses soníferos", pensou. Não era a primeira vez que seus sonhos pareciam mais realistas que a própria realidade ou a sensação de ter vivido uma história que na verdade só estivera em sua imaginação.

Foi andando como um bêbado até o banheiro para barbear-se e tomar um banho. Depois saiu e foi até o seu gabinete da Polícia Científica. Logo ao chegar, verificou no computador as tarefas do dia. Fazia parte de uma equipe de vinte peritos. Caberia a ele a tarefa de identificar e ajudar a produzir os atestados de óbito de uma dezena de corpos, resultado de uma rebelião que terminou muito mal em uma penitenciária.

Já havia lido nos jornais a respeito: houvera uma briga entre duas facções criminosas que acabou por produzir um banho de sangue. Não haveria especulações sobre as causas de tantas mortes, a não ser aspectos puramente técnicos. Tinham reservado uma sala unicamente para aqueles corpos, que chegaram em péssimo estado por causa da violência das brigas. Alguns foram torturados barbaramente até a morte. Luciano começou por recolher as impressões digitais para preencher as respectivas fichas. Alberto, outro perito da equipe, o ajudou nas tarefas daquele dia.

Ficaram até bem depois do fim do expediente para terminar. Havia muitas pessoas esperando pelos atestados para poder enterrar o que restava de seu irmão, marido, filho... Mesmo após todos esses anos, Luciano ainda ficava perturbado quando tinha que trabalhar com um monte de cadáveres, produzidos em um mesmo evento, quer fosse um acidente grave, quer fosse um atentado terrorista.

Analisar minuciosamente a cena de um crime para desvendar algum assassinato misterioso dava-lhe um grande prazer profissional. Um fio de cabelo ou de tecido embaixo da unha, o ângulo preciso com que a faca penetrara o cadáver, há quantas horas o indivíduo se afogara, que tipo de veneno a vítima teria ingerido, que tipo de arma teria sido utilizado para golpear o crânio daquele infeliz. Mas o trabalho daquele dia o deixava doente e ele queria acabar com aquilo o mais rápido possível e esquecer. Geralmente, ao chegar a sua casa, uma meia garrafa de aguardente o ajudava a dormir.

No dia seguinte, ao chegar a sua sala, Alberto já estava à sua espera, o que o deixou apreensivo. Algo acontecera...

— Chamaram da coordenação geral — anunciou secamente.

— O chefe?

— Sim, ele pediu para você atender ao chamado do delegado França e mantê-lo informado. Este é o endereço — Alberto estendeu a mão com uma nota rabiscada em um pedaço de papel.

— Por que deveria ir à casa do rabino Rosen?

— Não sei, mas algo grave aconteceu.

— O chefe falou mais alguma coisa?

— Não, mais nada.

Luciano havia acordado com um mau pressentimento. Aquilo não cheirava nada bem. Pegou o material de campo e tomou seu caminho naquela manhã chuvosa. Não demorou muito para chegar ao edifício onde morava o rabino e logo percebeu que aquele não seria um caso comum.

Havia muitos policiais em volta do prédio. O apartamento estava isolado e aguardava-se a polícia técnica. Encontrou o delegado França, que o acompanhou até o apartamento do rabino. Já o conhecia de outros casos em que trabalharam juntos. França era o arquétipo do policial que poderia ter estrelado algum filme *noir*... Vestia ternos surrados, prontos para serem jogados na primeira lata de lixo, e sempre andava com aqueles charutos pendurados na boca e os dentes amarelados pelos anos de fumaça. Ele era uma figura pitoresca, muitas vezes chamado a desvendar os casos mais complicados.

— Como vai, França?

— Tudo bem. — resmungou.

Ele tinha razão. O que poderia haver de bom naquela manhã cinzenta, chuvosa, já recheada dos rumores envolvendo aquele caso? França aproximou-se de Estela, esposa de Rosen. Apresentou-se a ela, ao lado de Luciano, e pediu desculpas por todo aquele transtorno. Ele sempre procurava aproximar-se das pessoas envolvidas da forma mais simpática que sua figura exótica permitia.

— Me chamo França e serei o responsável pelo inquérito da morte de seu marido. Saiba que sempre tive muita admiração por ele, embora não o conhecesse pessoalmente.

— Obrigada, delegado.

— A senhora está precisando de algo em que eu possa ajudar?

— Não sei de nada, delegado. Não sei o que pensar. Não posso entrar em minha casa, não posso ir embora, não sei o que fazer...

O estresse era evidente. "Pobre coitada", pensou Luciano. Seu apartamento deverá ficar fechado à disposição das equipes técnicas por uns trinta dias. Talvez o delegado França a deixe pegar algumas roupas e objetos e, mesmo assim, com registro minucioso de cada item. Além do impacto de perder o marido daquela forma, sua vida e a de seu filho seriam interrompidas. Não é todo dia que um rabino é encontrado morto em casa, degolado, em meio a uma poça de sangue.

— Tenha certeza — dizia França — de que tentarei dar um jeito para que possa sair o mais rápido possível daqui. A senhora tem onde ficar? Se precisar, posso providenciar um quarto de hotel.

— Acho que vou para a casa de minha mãe.

— Faça uma lista das coisas de que a senhora precisará por uns três ou quatro dias e escreva neste papel: roupas, documentos, bolsas etc. Ao lado de cada item, indique onde encontrá-lo no apartamento. Isso será um pouco demorado, pois precisamos registrar cada peça que será retirada do apartamento, mas acho que será melhor para a senhora. Vou pedir para alguém ajudá-la com a lista. Agora me diga, foi a senhora que encontrou o rabino Rosen?

— Não, delegado. Eu estava na casa de minha amiga Lucia Esteves. Norma, minha empregada, me telefonou por volta das nove e meia da noite muito nervosa. Vim imediatamente. A polícia já havia chegado, pois eu mesma telefonei para o 190.

— A senhora viu seu marido?

— Sim.

Aí ela desmoronou. Luciano teve que segurá-la para não cair. O choro era convulsivo. Para sua sorte, um amigo do rabino, médico, estava por perto e ajudou a acudi-la. Convidaram Estela a repousar sobre um sofá. Luciano ofereceu um copo d'água e esperaram por alguns minutos até ela se recompor.

Tendo chamado rapidamente a polícia, Estela ajudara a preservar a cena do crime. Praticamente só Norma, Estela e os policiais que atenderam ao chamado entraram no apartamento e logo viram que não havia nada a fazer, a não ser isolar o local até que a equipe técnica chegasse. Quem atendeu ao chamado foram o tenente Rigoberto e seu colega, soldado Jorge. França os chamou em seguida, enquanto Estela descansava.

— O senhor tem algo a nos contar, tenente?

— Os detalhes estarão no relatório, delegado, mas posso afirmar que, seja quem for o assassino, o defunto já o conhecia. Não há sinais de arrombamento. O zelador e os porteiros não notaram nada de diferente na rotina de uma quarta-feira. Norma descobriu a cena quando foi levar, como de costume, um chá para o rabino por volta das nove horas da noite. Disse que ele costumava ficar no seu escritório estudando, preparando seus discursos, falando ao telefone ou conversando com alguém. Norma não viu mais ninguém. O apartamento é grande e ela ficou em seu quarto, como de costume, assistindo à televisão.

— Ela não ouviu nada, não abriu a porta para ninguém?

— Não, senhor.

— Seria possível alguém ter entrado e saído sem que ninguém no prédio tivesse notado?

— Isso eu não sei, senhor.

— Está bem, tenente. Mais alguém entrou no apartamento antes de o senhor chegar?

— Não.

Luciano estava perto de Estela, que já estava mais calma, com mais cor no rosto. O dr. Elias pediu-lhe que tomasse um sonífero para dormir naquela noite. Ela mostrou que reconhecia Luciano.

— Eu conheço você? — disse lentamente, com a voz indicando uma fraqueza que lhe era característica.

— Sim. Eu sempre frequentei a sinagoga e até mesmo participei de alguns trabalhos voluntários junto com o rabino Rosen, seu marido.

Luciano sentia certo alívio em Estela por saber que alguém conhecido estaria investigando aquele crime horrendo. Não havia motivo algum para esconder tal fato. O delegado França agradeceu ao dr. Elias por ter cuidado de Estela. Perguntou-lhe também se tinha algum cartão de visita. Luciano comentou que o médico era bastante conhecido na comunidade judaica, respeitado e amigo do rabino de longa data.

— Obrigado pela ajuda, dr. Elias — disse-lhe França. — O senhor chegou agora?

— Não, delegado. Vim assim que ouvi a notícia no rádio. Fiquei muito chocado e não pude acreditar. Tive que vir para me certificar do pior. O senhor é o delegado que vai investigar o caso?

— Sim, doutor.

Naquele momento, o delegado chamou Luciano para subir ao apartamento com outros peritos e começar seu trabalho técnico. Depois da porta do apartamento, reinavam o silêncio e uma calma aparente. Entraram cuidadosamente, sem tocar em nada para não estragar qualquer pista. A sala de estar era espaçosa e austera. Móveis antigos espalhavam-se de forma absolutamente previsível: dois sofás com uma mesa de centro enfeitada por um vaso em frente à janela que dava para o pequeno terraço. Era um prédio antigo. O salão em "L" abrigava também uma sala de jantar com uma mesa de madeira escura e seis cadeiras com um *buffet* ao lado. Muitos enfeites e objetos designavam a raiz cultural daquela casa. Uma *menorá* aqui, as *mezuzás* nas portas, um quadro escuro com motivos judaicos que devia ser a herança de algum parente. Na outra parede, algumas fotos de Jerusalém e uma gravura de Chagall. Havia também as velas de *shabat* e os aparatos de prata que seriam utilizados no próximo *Pessach.* Tudo era familiar para Luciano, mas um mistério para França. Luciano sabia que, cedo ou tarde, ele iria lhe perguntar sobre esses objetos. Por isso lá estava ele.

Passaram pelo escritório do rabino e viram seu corpo jogado sobre a mesa e a imensa poça de sangue que se formou em volta. Juntos começaram a anotar todos os detalhes que pudessem ajudar a entender o que aconteceu naquela noite fatídica.

Era evidente que não se tratava de um assassinato comum, de um roubo. Não é todo dia que se vê um homem sentado em seu escritório, em frente à sua mesa de trabalho, com a garganta estraçalhada por um único golpe profundo, rompendo a traqueia e a carótida, provocando um enorme fluxo de sangue. Ele sequer teve tempo de esboçar qualquer reação. Sua cabeça caiu para a frente, machucando e formando um hematoma em seu nariz. Agora ele jazia de lado e estava de olhos fechados, o que era relativamente estranho. Em outros casos de morte por faca, as vítimas costumam mostrar os olhos esbugalhados em seu terror. No caso do rabino, era como se tivesse exposto sua garganta e recebido um golpe inesperado, violento e fatal. O jato de sangue que jorrou do ferimento espalhava-se uniformemente sobre a mesa, abrindo-se como um facho de luz saindo de uma lanterna. Isso indicava que o assassino estava por trás e degolara a vítima provavelmente segurando seus cabelos ou sua testa.

Não foram encontradas marcas de sapato em volta da mesa do rabino. Obviamente o assassino teve o cuidado de não pisar no sangue de sua vítima para não deixar pistas. Os cabelos e a testa do rabino teriam que ser examinados minuciosamente na tentativa de encontrar algum vestígio.

Sobre a mesa havia pilhas de revistas, livros, anotações e jornais. O delegado iria certamente pedir uma análise detalhada de todos os cômodos. Teriam que checar com sua esposa e com Norma os hábitos e horários do rabino. França falava ao telefone com o delegado geral enquanto Luciano começava a fazer seu trabalho com o cadáver.

— Sim, Paulo, sou eu, o França — dizia, enfastiado. — Não houve arrombamento. O rabino foi assassinado com um só golpe na garganta. Ele não deve ter sentido nada, tal o estrago que foi feito em seu pescoço. Pode ser. Algum inimigo ou uma execução encomendada por algum grupo radical... Suicídio? Nem pensar! Como é que você pode cogitar algo semelhante? Eu nunca vi um golpe de navalha tão bem-feito. Eu sei que o assunto da autópsia é delicado com os judeus, mas não é possível levar adiante esta investigação sem um laudo do legista. Eu vou verificar como fazer isso sem ofender a comunidade. O Luciano foi designado como meu assistente neste caso e sei que não foi por coincidência. Também sei que o caso vai afetar toda a comunidade. Não precisa me dizer isso. Tchau.

— E aí, Luciano? Diga-me algo que possa nos ajudar a achar o assassino — disse França, irritado após aquela conversa com seu chefe.

— Eu não sei o que dizer. Por enquanto, a única coisa que posso afirmar é que talvez você tenha razão a respeito da arma do crime. Poderia ser uma navalha, mas acho que foi um bisturi. Veja que beleza de corte. Dificilmente uma navalha estaria tão afiada a ponto de cortar a garganta dessa forma. Será que foi trabalho de um cirurgião?

— Quem sabe, Luciano? O rabino provavelmente conhecia seu assassino e certamente tinha médicos em seu grupo de amigos.

— O sangue em cima da mesa não está totalmente coagulado e a temperatura do corpo indica que o crime teria ocorrido entre oito e dez horas da noite de ontem.

— Qual era o nome daquele médico que nos ajudou com a esposa do rabino?

— É o dr. Elias Schnitel.

— Luciano, lembre-se de chamá-lo para a fase de depoimentos. Aliás, que burrice, eu mesmo pedi a ele um cartão. Aqui está.

Continuaram seu trabalho com a minúcia habitual. Foram horas de busca por qualquer indício que pudesse ajudar a revelar os mistérios daquele caso. Nunca se sabe qual detalhe, qual fio de cabelo, qual marca no carpete poderão levar ao caminho do assassino. Foram feitas dezenas de fotos, de todos os ângulos possíveis, de cada detalhe do escritório e dos outros cômodos da casa. Passaram um pente-fino para procurar fios de cabelo ou qualquer outro detalhe. Entretanto, essa primeira varredura é feita de forma meio automática, pois ainda não se sabe o que procurar. Seria natural manter o apartamento do rabino fechado até o fim da investigação.

Luciano terminou seu trabalho com o cadáver e autorizou seu transporte ao IML. Lá seria feito um exame mais detalhado. Ficaram mais algumas horas no apartamento e já era noite quando despediu-se do delegado e voltou para casa. A primeira coisa que fez ao chegar foi encher um copo de aguardente para tentar relaxar um pouco e raciocinar sobre o absurdo que acontecera. Um só copo não foi suficiente.

A imagem do rabino em meio à poça de sangue que se formara ao seu redor não saía de sua cabeça. Acabou por adormecer na poltrona da sala, mal acomodado. "Alice..." Duas horas depois, levantou-se com um sobressalto, suado, com as costas e o pescoço moídos pela péssima posição em que dormira. Foi ao banheiro, tirou a roupa e não pôde evitar a sensação de náusea que o invadiu. Abaixou-se rapidamente para vomitar na privada. Depois de um banho, deitou-se e adormeceu.

Na manhã seguinte, a cama mostrava que tinha sido uma noite agitada. Não sabia se estava sonhando. Ele tinha uma vaga noção de que estava mais uma vez imerso naquele maldito pesadelo do qual não conseguia se afastar, nem para pensar em sua Alice...

Já havia tocado o despertador. Levantou-se lentamente, sentindo os músculos doloridos, principalmente no pescoço. Lembrou-se então de que havia adormecido no sofá da sala. Foi ao banheiro para fazer a barba e tomar um banho bem quente. Preparou um café e uma torrada com queijo. Saiu em direção ao IML. Em poucos minutos, estava entrando no seu escritório numa manhã radiante de primavera. Alberto o esperava.

— E então, como foi ontem na casa do rabino? Alguma pista?

— Não enche, Alberto. Vá à sala de autópsia e prepare todo o material para nosso trabalho com o rabino.

Luciano despachou-o com um olhar direto. Ligou em seguida para o rabino Halshen, de uma pequena sinagoga ortodoxa.

— Olá, rabino! Como vai? — perguntou Luciano, após se identificar.

— Eu já soube pelo dr. Elias que você está envolvido na investigação da morte do rabino Rosen. Estamos todos chocados. Você quer me perguntar alguma coisa, Luciano?

— Sim. O senhor sabe que não poderemos evitar a realização de uma autópsia: seria inconcebível para a polícia. Temos um assassino à solta e precisamos achá-lo. Entretanto, não gostaríamos de ofender a família do rabino e a comunidade. Tenho certeza de que todos entenderão a necessidade de investigarmos cuidadosamente esse crime.

— Fique tranquilo, Luciano. Há regras claras para essas situações:

> As autópsias podem ser aprovadas se houver uma das seguintes condições:
> A autópsia é legalmente exigida.
> Na opinião de três médicos, a causa da morte não pode ser assegurada de outra maneira.
> Três médicos atestam que a autópsia pode ajudar a salvar a vida de outras pessoas que sofrem de uma doença similar àquela que causou a morte do paciente.
> Quando uma doença hereditária está envolvida, a realização da autópsia pode proteger a vida dos parentes que sobreviveram.
> Aqueles que realizam a autópsia devem fazê-lo com reverência ao morto e, ao completarem a autópsia, eles devem entregar o cadáver e todas as suas partes para o sepultamento.

> Quando uma autópsia é justificada, seja por motivos legais, seja por motivos médicos, não é interpretada como uma desonra ao morto, mas, pelo contrário, como um uso digno do corpo para ajudar os seres vivos.

— Eu acho que ficou claro. O senhor sabe que eu sempre as evitei, mas, neste caso, não há essa possibilidade — respondeu Luciano. — Obrigado, rabino.

— Boa sorte. Acho que vai precisar.

Luciano vestiu seu jaleco e preparou-se para o trabalho que o aguardava três salas adiante. Quando lá chegou, Alberto já havia tirado o cadáver da geladeira e preparado o instrumental. A autópsia seria realizada pelo dr. Celso Silva, auxiliado por Luciano. As câmeras que iriam filmar cada passo da autópsia, cada detalhe, já estavam ligadas. Luciano havia avisado o delegado que iriam começar pontualmente às nove horas e lá estava ele no mezanino que dominava a sala com o vidro que os separava. França perguntou pelo alto-falante:

— Vamos ter algum problema com a autópsia? A comunidade vai reclamar?

— Não. Eu tive o cuidado de consultar um rabino. Na verdade, estão todos ansiosos para saber o que aconteceu. Vamos ter que tomar algumas providências específicas, que não vão atrapalhar em nada a investigação.

O cheiro da morte estava impregnado naquela sala, e qualquer pessoa que não estivesse habituada àquele odor ficaria nauseada. Maquinalmente, Luciano verificou o instrumental que ficava espalhado em bandejas ao redor do estrado onde se encontrava o cadáver do rabino Rosen. O dr. Celso começou por examinar minuciosamente o cadáver à procura de qualquer sinal externo, principalmente nas mãos, embaixo das unhas do rabino. Tudo parecia limpo, com as mãos típicas de alguém que nunca teve que fazer qualquer tipo de trabalho braçal – pareciam mãos de mulher, pequenas, sem calos. Agora que o cadáver estava limpo do sangue, podia-se ver a profundidade e a precisão do golpe que ele recebera no pescoço. Parecia realmente o trabalho de um cirurgião, ou talvez de algum açougueiro. Esses comentários eram feitos em voz alta para ser registrados na filmagem da autópsia. Fora o hematoma no nariz que fora causado pela queda da cabeça do rabino sobre sua mesa de trabalho, nada mais parecia fugir do normal. Os olhos fechados e a expressão do rabino pareciam exprimir uma paz finalmente alcançada.

Em seguida, o dr. Celso alertou que iria iniciar a clássica incisão em forma de "Y" no peito do rabino. Dessa forma poderiam determinar com exatidão a *causa mortis*, o estado geral de saúde e, após exames toxicológicos, se houvera ingestão de alguma droga. À primeira vista, parecia óbvio que a hemorragia causada pelo corte na garganta fora a causa de sua morte, mas o rigor técnico os obrigava a fazer o exame das vísceras. Prepararam o material e o mandaram para o patologista com a recomendação de que o devolvesse o mais rápido possível para a liberação do corpo para o enterro. Como Luciano explicava em voz alta naquele momento, as vísceras deveriam ser devolvidas com o cadáver para o enterro, de acordo com as regras judaicas para esses casos. O delegado não conseguia disfarçar sua decepção quando o dr. Celso terminou. Luciano pediu a Alberto para suturar a incisão enquanto se dirigiram ao vestiário para trocar de roupa. Lá chegando, França já o esperava.

— Quantos dias você pensa que levará para termos o resultado do exame toxicológico? — perguntou França.

— Vou pedir prioridade total para podermos liberar o corpo até amanhã. Acho que teremos alguns resultados preliminares hoje à tarde.

— Eu vi que você estava exausto ontem e não quis prendê-lo mais. Os outros peritos acharam mais alguma coisa?

— Eles identificaram impressões de pelo menos seis pessoas. Vamos tentar definir esses indivíduos. Quanto às marcas de sapato nos carpetes, temos uma infinidade e será mais difícil cercar alguém específico. Há no departamento um técnico altamente capacitado trabalhando com esses indícios. As roupas do rabino também estão sendo examinadas. Vamos até a cafeteria, delegado?

— Boa ideia. Estarei esperando lá.

Precisavam conversar sobre o planejamento da investigação. Luciano tinha muitas dúvidas e, com certeza, França ainda mais.

— Olá, Luciano, o que você vai pedir?

— Estou morrendo de fome. Deixe-me ver o cardápio. Já sei. Garçom, traga-me um bife enrolado, legumes e batatas gratinadas, e também uma cerveja. O que o senhor vai pedir?

— Não me chame de senhor. Já nos conhecemos há tanto tempo que me considero seu amigo. Garçom, traga-me um cappuccino e torradas com geleia. Você conhecia bem o rabino Rosen?

Ficar em uma sinagoga, fosse qual fosse, mesmo que por pouco tempo, trazia-lhe um prazer que mal conseguia explicar para si mesmo. Lembranças de tempos longínquos, de sua infância...

— Eu frequentei a sinagoga do rabino Rosen toda a minha vida, mas nunca fui religioso, nem minha família. Participei de algumas atividades voluntárias coordenadas por ele. Mas isso já faz alguns anos. Desde que Alice morreu, não mantenho outras atividades além do meu trabalho.

— Você gostava dele?

— Sim, sempre tive muita admiração pelo seu trabalho, pelo carinho e pela dedicação que ele tinha com todos. A presença carismática no púlpito da sinagoga e seus discursos conquistaram a comunidade.

Nesse momento, chegaram os pratos. Falaram um pouco de política local e das últimas rodadas do campeonato de futebol. Luciano tomou um último gole de cerveja, sentindo-se aliviado.

— De acordo com o que você sabe, o rabino tinha inimigos na comunidade?

— Tinha muitos inimigos poderosos. Não se tem o posto de liderança que o rabino ocupava sem machucar outros egos inflados. Mas não consigo imaginar que houvesse motivação para um assassinato. Principalmente agora, fragilizado pela doença que o acometeu.

— O que houve com ele?

— No ano passado, o rabino foi encontrado vagando desnorteado, perdido pelas ruas, e foi levado para uma delegacia. Não falava coisa com coisa. Não sabia quem ele era, estava sujo. Parecia um bêbado ou um drogado. Tiveram dificuldade para identificá-lo e chamar sua família.

— Isso nunca havia acontecido antes?

— Não, mas você tem razão de pensar isso, pois eu mesmo já me perguntei. É algo a ser verificado nos depoimentos. Já faz algum tempo que eu não trabalho na sinagoga e não via o rabino de forma regular há dois ou três anos.

— E depois desse episódio, o que houve com ele?

— Bem, isso aconteceu há mais ou menos um ano.

Luciano contou que, após algum tempo, ele se licenciou do seu cargo. Depois anunciou-se um acordo pelo qual ele havia recebido uma indenização pelos anos de trabalho com a congregação e também o título honorífico de rabino emérito, sem qualquer função prática. Rosen foi assessorado por um amigo dele advogado e declarou que foi ele próprio que pediu o afastamento de seu cargo na sinagoga. Certamente não seria mais possível para ele retomar suas responsabilidades plenamente.

— Acontece que tenho alguns amigos na sinagoga que disseram que não foi ele que pediu o afastamento. Em todo caso, não acredito que ele teria tomado essa decisão em sã consciência.

— Por quê?

— Porque a profissão de rabino não é uma profissão como outra qualquer.

Trocar de sinagoga é possível quando se é jovem. Mas o casamento com alguma comunidade costuma ser indissolúvel. Os anos passam, o rabino vai envelhecendo e os laços dele com sua comunidade não podem ser quebrados como com qualquer outro profissional.

— Talvez a família e os médicos tenham aconselhado esse desligamento, mas eu ainda não consegui entender tudo o que aconteceu. Com certeza os diretores da sinagoga terão alguma explicação e sabemos que foi paga uma indenização substancial. Em todo caso, acho que teremos oportunidade de verificar isso no decorrer do inquérito.

— Com certeza, Luciano.

— Como você quer organizar a investigação?

— Vamos aguardar os primeiros laudos.

França pediu uma série de providências que foram anotadas: "Quero saber todos os detalhes da autópsia rapidamente, além do exame das roupas do rabino. Quero saber todos os detalhes sobre eventuais pegadas que possam informar sobre as últimas pessoas que circularam pelo apartamento do rabino. Vamos convocar para depoimento, por enquanto, a empregada, Norma, a esposa, Estela, os porteiros e o zelador do prédio. Quero também os relatórios dos policiais que atenderam ao chamado. Quero a lista de moradores do prédio, a diretoria, ativistas e funcionários da congregação".

— Vá descansar. Amanhã vamos dar mais uma olhada no apartamento do rabino depois que você terminar os trâmites burocráticos para liberar o corpo. Sei que você quer fazer isso o mais rápido possível.

Luciano sabia por experiência própria que ele precisava ter sempre caneta e papel nas conversas com o delegado França. Em algum momento, ele desandaria a listar uma infinidade de coisas a fazer. Chamaram em seguida o garçom para pedir a conta. Seguiram cada um na sua direção. Luciano foi ao seu escritório para verificar os recados e dar andamento a um punhado de outros casos que ficariam agora em segundo plano. Já no fim da tarde, chamou Alberto para lhe passar mais algumas instruções e saiu.

Chegou em casa e, mais uma vez, adormeceu no sofá da sala. Mais tarde, assustado, acordou de mais um sonho agitado. Sua jovem esposa morrera vítima de um melanoma agressivo que a matou em menos de seis meses. Estavam casados, naquela época, havia pouco mais de dois anos, e a dor da perda de

Alice ainda estava muito latente - ele ainda não se recuperara, procurando afogar sua dor no trabalho.

Na manhã seguinte, Luciano chegou cedo ao seu gabinete e chamou Alberto para inteirar-se das análises que havia solicitado.

— Você quer as boas ou as más notícias, Luciano?

— Ora, Alberto, não enche e desembucha logo.

— Tudo bem. Não precisa ficar tão irritado logo cedo. Aqui está a lista de seis impressões digitais identificadas no apartamento do rabino. Temos, naturalmente, a esposa, Estela Rosen, seu filho, Samuel, a empregada, Norma, o zelador do prédio, Fabiano, o advogado dr. Hélio e o médico dr. Elias.

— Eu me lembro do médico e conheço o advogado dr. Hélio. Vamos expedir as notificações para os depoimentos. Já saiu algum resultado do toxicológico?

— Agora é que vêm as más notícias. Sim, já temos os resultados preliminares. O exame indica traços de vários medicamentos, como antidepressivo, aspirina, anti-hipertensivo, remédio para colesterol, mas o que chama realmente a atenção é a presença de uma concentração alta de um sonífero poderoso, que foi tomado pouco antes do assassinato. Os outros medicamentos eram compatíveis com dosagens usualmente prescritas pelos médicos.

Enquanto Alberto falava sobre os resultados do exame, Luciano ia pouco a pouco se sentindo entorpecido, sem conseguir raciocinar direito sobre as consequências daqueles fatos da investigação misturados em seus pensamentos. Ele só sabia que algo grave estava se descortinando diante de seus olhos.

— ... a concentração de sonífero encontrada no sangue do rabino não é suficiente para matar — continuava Alberto —, e não acredito que tenha havido da parte do rabino uma tentativa de suicídio, ironicamente, justo antes do seu assassinato. Mas não é uma dosagem normal e foi ingerida pouco antes do assassinato, com tempo suficiente para que fizesse o máximo do seu efeito. Além disso, não é o sonífero usualmente tomado pelo rabino.

— Você está querendo dizer que o sonífero pode ter sido uma espécie de preparação para a degola?

— É possível, Luciano, embora não se possa descartar que possa ter sido administrado sem seu conhecimento.

— Se foi com seu consentimento, então isso pressupõe alguma forma de concordância do rabino. Teria sido como se ele estivesse preparado para um golpe de misericórdia aceito prazerosamente.

— Você está sendo meio poético, mas me passou pela cabeça algo assim...

Alberto era um membro capacitado da equipe. Tinha experiência, e sua opinião não podia ser ignorada.

— Algum outro indício nas roupas do rabino? — perguntou Luciano, mecanicamente.

— Nada por enquanto, mas ainda não foi finalizado. Já juntamos todo o material biológico, como você nos pediu, para poder liberar o corpo. Guardamos somente pequenas amostras para uma eventual contraprova. Se quiser, o senhor poderá liberá-lo.

— Obrigado. Prepare a papelada enquanto aviso a família. Antes que me esqueça, você já recebeu do zelador do prédio a lista de moradores?

— Vou telefonar agora mesmo e pedir para mandarem pelo fax.

Assim que Alberto saiu, Luciano ficou absorto em pensamentos vagos e indefinidos. Como avançar a investigação com aquelas implicações? Tratar-se-ia de investigar um eventual "assassinato consentido". Ele também tinha dúvidas se o França seria capaz de compreender o choque que aquele gesto do rabino poderia significar para a comunidade judaica e para sua família.

Em meio a essas divagações, Luciano levou um susto quando a campainha do interfone tocou. A secretária do delegado solicitava sua presença no Departamento de Investigações Criminais, o DIC, que não ficava longe. Andou por alguns minutos até chegar ao prédio fortemente protegido. Passou pelos rituais de identificação e pegou o elevador até o andar em que ficava a sala do delegado França. Ele conhecia bem aquele caminho e, principalmente, o que o aguardava. Quando abriu a porta, sem bater, encontrou o delegado envolto em uma névoa. Luciano era um velho conhecido do delegado e sentia-se à vontade para entrar, sair e fazer comentários sobre seus hábitos encarquilhados.

— Ainda bem que o senhor não se preocupa muito com a poluição, delegado.

— Tenho outras coisas mais importantes com que me preocupar. Além disso, não é um cigarrinho a mais ou a menos que fará você escapar de seu encontro marcado com a morte, meu caro.

Luciano havia provocado ele e, após tantos anos, França sabia exatamente o que dizer para irritar seu amigo. Embora Luciano fosse íntimo da morte em todas as suas formas, o delegado sabia que ele se esforçava para adiá-la.

O escritório de França destoava por completo do prédio do DIC, supermoderno, arejado, claro, *high-tech*. França, ao contrário, gostava dos velhos móveis que trouxera consigo da antiga sede. Todos eram de madeira escura, pesados. A estante expunha uma quantidade enorme de papéis e alguns livros bastante velhos e empoeirados. Havia um compêndio de código civil e outro de criminal. Ele compartilhava com Luciano uma grande admiração pelo cineasta Alfred Hitchcock e tinha uma biografia dele na estante. Na parede, alguns quadros de mau gosto com paisagens bucólicas e campos floridos. Logo ao entrar em sua sala, havia um porta-casaco. Em cima da mesa, uma infinidade de papéis e um vasinho com uma velha e poeirenta flor de plástico. Havia uma enorme cadeira de madeira giratória, com encosto e assento em palhinha trançada. Esse tipo de palha se desgasta com certa frequência e Luciano não conseguia imaginar o delegado se ocupando desses afazeres de rotina. Estava decidido a conhecer melhor o amigo. Com o caso do rabino para mantê-los em contato, Luciano contava com algumas oportunidades para desvendar os mistérios que circundavam a vida privada do delegado França. Sentia-se no direito de saber um pouco mais.

— O senhor se incomodaria em abrir um pouco a janela? — disse, ao chegar.

— Eu sabia que você ia pedir isso. Não tem problema. Já vou abrir. Conte-me as novidades sobre o nosso rabino. O corpo já foi liberado?

— Sim. Temos também a lista de impressões digitais e marcamos os horários dos depoimentos iniciais. As seis digitais são das quatro pessoas do prédio e de dois visitantes: o advogado dr. Hélio e o dr. Elias. O médico foi aquele que acudiu a esposa do rabino quando ela passou mal, lembra?

— Sim, claro. Os outros quatro, deixe-me ver se adivinho: a esposa, Estela, seu filho, a empregada, Norma e, talvez, o zelador?

— Acertou. Já tomei a iniciativa de convocar o advogado e o médico para os depoimentos iniciais, além da esposa, da empregada, do filho, dos porteiros, do zelador e dos policiais que atenderam ao chamado de urgência. Talvez possamos dispensar o depoimento do filho. O que você acha?

— Sim. Se mais tarde mudarmos de ideia, nós o chamaremos. Continue.

— Agora vamos à parte difícil: encontramos várias substâncias no corpo do rabino, mas uma chamou nossa atenção.

Luciano prosseguiu descrevendo os medicamentos que o rabino costumava tomar e mais um sonífero que foi ingerido pouco antes do golpe fatal na garganta. A *causa mortis* foi a hemorragia intensa causada pelo corte, além de falta de oxigenação, pois o corte foi tão profundo que seccionou a traqueia. O rabino morreu instantaneamente e, de certa forma, "anestesiado"...

— Você quer dizer que pode ter havido alguma forma de preparação para o golpe que o matou, eventualmente com sua cooperação?

— Não estou afirmando categoricamente, mas é possível. O sonífero pode também ter sido administrado sem seu conhecimento.

Luciano conhecia bem aquele semblante de França enquanto tentava digerir alguma informação importante. Ele não faria mais comentários até ter tempo de raciocinar sobre todas as implicações daquele fato novo. Enquanto isso, mudou um pouco de assunto.

— Eu gostaria de visitar o apartamento do rabino novamente.

Chegaram rapidamente ao prédio onde ele morava. O zelador Fabiano já os aguardava e abriu o portão. O delegado, seguindo seu hábito, pediu para ter uma conversa rápida no hall do elevador. Os dois investigadores que os acompanhavam tomaram direções opostas na rua em frente ao prédio, seguindo instruções para conversar com pessoas que talvez tivessem visto algo que pudesse auxiliar no inquérito.

— Como vai, Fabiano? Meu nome é França e este é o perito Luciano, que vai nos assessorar na investigação da morte do rabino.

— Tudo bem, doutor?

— Não precisa me chamar de doutor. Esta não é uma conversa oficial. Seu depoimento será daqui a três dias lá na sede da polícia. Você já recebeu a notificação para o depoimento?

— Sim, senhor.

Seria difícil quebrar o gelo.

— Você foi um dos primeiros a chegar ao escritório do rabino?

— Sim, senhor. A Norma, que lá trabalha, me ligou às nove horas da noite, transtornada. Subi rapidamente. Quando entrei no apartamento, ela ainda teve força de me levar ao escritório do rabino. Logo vi que ele tinha sido degolado e que não estava respirando. Ela também já havia ligado para Estela.

— Aconteceu algo incomum naquela noite, alguém diferente do usual visitou o prédio ou o rabino?

— Não, senhor. Os porteiros me disseram que não entrou ninguém estranho no prédio durante todo o dia.

— Nas últimas semanas, houve alguma mudança de hábito do rabino?

— Na verdade tudo ficou muito mais tranquilo por aqui desde que ele pediu afastamento da sinagoga. Isso aconteceu já faz uns seis meses. Ele nunca mais recebeu o tanto de visitantes que tinha até então.

— Ele recebia muita gente em casa?

— Ah, sim! Muita gente mesmo, doutor. Aliás, esta é a lista de moradores do prédio que o senhor me pediu.

— Muito bom. Dê a lista ao Luciano para ser anexada ao inquérito.

— Eu gostava muito do rabino. Ele até me ajudou algumas vezes quando precisei. Isso que aconteceu com ele foi uma barbaridade.

— Está bem, Fabiano. Agora vamos subir. Aguardaremos você para o depoimento.

Luciano mostrou na lista de moradores o nome do dr. Elias, que tinha seu apartamento no sétimo andar. Eram raposas velhas na profissão e as coincidências eram muitas. Ao chegarem à porta de entrada do apartamento do rabino, o delegado disparou sua primeira pergunta:

— O que é esse negócio inclinado, preso ao batente da porta com algumas inscrições em hebraico?

— Trata-se de uma *mezuzá*, França. É um símbolo religioso encontrado em todos os lares judaicos. É obrigação de todo judeu fixar na porta de sua casa uma mezuzá que contenha um pergaminho com os dizeres *"Shemah Israel"*, reza que indica a crença em um Deus único.

Ao entrarem, o cheiro de morte lhes invadiu as narinas, provocando repulsa. A imensa poça de sangue coagulado permanecia intacta no escritório do rabino, pois o apartamento havia sido lacrado. Muitos objetos judaicos estavam espalhados pela casa. O delegado perguntou ainda sobre a *menorá* de prata e alguns livros selecionados aleatoriamente que ele avistara na biblioteca do escritório. Luciano se esforçava, pois não era um especialista em assuntos religiosos.

— No geral, é interessante como a casa de um rabino é quase "normal". Eu digo isso porque os padres não vivem uma vida parecida com a do resto da população. Ter uma esposa, filhos é algo que lhes é interditado – prosseguiu França.

— Ficou famosa uma entrevista na qual ele comentou o fato de os rabinos casarem e como o sexo pode ser algo bonito entre o homem e a mulher — replicou vivamente Luciano.

— Eu me lembro dessa entrevista.

— Ele foi duramente criticado pela própria comunidade judaica e quase perdeu o emprego naquela ocasião.

— Isso é algo que eu preciso entender: como é possível um rabino perder o emprego?

— Eu também não consigo entender.

— Esse caso pode se tornar político, Luciano. Vamos ter que convocar a diretoria da congregação para prestar depoimento.

— Por quê, delegado?

— Talvez essa diretoria não esteja ligada diretamente ao crime, mas o assassino está escondido entre as pessoas próximas ao rabino, em sua casa ou em sua sinagoga. Eu gostaria também que você fizesse uma revisão em todos os livros da estante do rabino, suas gavetas, papéis sobre o escritório, pastas. Pode ser que ele tenha escrito alguma coisa e guardado algum bilhete, alguma anotação.

Luciano sabia que o delegado tinha razão. Os depoimentos começariam pelos mais simples. Foram convocados inicialmente os porteiros, o zelador e os policiais que atenderam ao chamado. Não eram esperadas grandes novidades dessas testemunhas, mas o rigor da investigação exigia que fossem cumpridos todos os rituais. Esses depoimentos serviriam também para determinar com precisão alguns horários importantes: a linha de tempo até o assassinato do rabino.

Eles não foram contraditórios e mostraram que o rabino permaneceu em sua casa durante todo o dia. À tarde, por volta das quatro horas, recebeu o dr. Hélio, que ficou pouco mais de uma hora com o rabino. Depois, Norma serviu um jantar leve para o rabino, por volta das sete. O dr. Elias também visitou o rabino naquele dia, chegando às sete e meia da noite e saindo às oito. Por volta das cinco, Estela e seu filho saíram de carro do prédio. Às nove da noite, o zelador, Fabiano, foi chamado por Norma. Ele subiu e encontrou o rabino morto, degolado em seu escritório. Durante o período da tarde, não entrou ninguém estranho no prédio. Houve entradas e saídas de moradores, movimentos de rotina. Não havia nenhuma obra no edifício nem reformas nos apartamentos. Ninguém solicitou visitas de prestadores de serviço. Portanto, o prédio esteve limpo de estranhos nos momentos que antecederam o crime. O assassino teve pouco menos de uma hora para agir furtivamente. Por ser um prédio relativamente antigo, só mantinha duas câmeras funcionando, uma na portaria com vista para a entrada e saída de pedestres e outra com vista para a entrada e saída de veículos. As fitas foram solicitadas ao zelador.

— Luciano, peça à equipe do investigador Gilberto para verificar qualquer vestígio de entrada e saída não autorizada. Diga-lhe para não excluir qualquer hipótese, mesmo estapafúrdia. Quero um laudo completo pela manhã.

— Ele vai chorar, França.

— Pode reclamar à vontade, não me interessa. Faça-o entender que a coisa é urgente.

Quando Luciano voltou, falaram mais um pouco sobre Rosen.

— Temos uma hora para preencher com nossa investigação, Luciano. Durante esse período, alguém entrou no apartamento do rabino furtivamente, o degolou e saiu sem ser visto.

— Uma hora é muito tempo. Dá para fazer uma festa, assassinar, apagar os vestígios e voltar para casa tranquilamente. Todos terão álibis perfeitos.

— Eu sei. Mas todo mundo comete erros. Vamos torcer para encontrar alguma pista que nos leve ao assassino. Fale mais do rabino. Você gostava dele? Eram amigos?

— Sim, acho que podia me considerar um amigo, embora não muito próximo. Eu sempre o admirei, seus discursos, seu posicionamento ético. Era um homem moderno, aberto ao diálogo.

No dia seguinte, logo pela manhã, França e Luciano receberam a visita de Estela, esposa do rabino, que vinha para o primeiro depoimento daquele dia. Ela veio acompanhada de seu filho, Samuel, o que os agradou, pois não pretendiam convocá-lo para um depoimento específico. Como sempre, o delegado França foi recebê-los na portaria do prédio do DIC e os convidou para tomar um café. Era a forma que ele costumava usar para quebrar o gelo e ajudar as testemunhas a se sentirem mais confiantes e prestativas. O delegado, apesar de sua aparência não ajudar muito, costumava obter a empatia que, muitas vezes, foi decisiva em suas investigações.

— Bom dia, Estela. Espero que não tenha tido dificuldade em achar o DIC. Bom dia, Samuel. Fico feliz que você tenha vindo com sua mãe. Vamos tomar um cafezinho? Venha conosco, Luciano.

O convite para que Luciano os acompanhasse também não era inocente. Não havia escapado ao delegado a sensação de alívio que Estela havia demonstrado no dia trágico da morte de seu marido quando o viu e soube que ia ajudar na investigação.

— Bom dia, delegado. Bom dia, Luciano. Sim, eu gostaria de um cafezinho. Obrigada.

Quando chegaram ao subsolo, o próprio delegado pediu cafezinhos e pães de queijo para todos. Estavam quentinhos, fresquinhos e deliciosos àquela hora da manhã.

— Minhas sinceras condolências. Eu sempre fui um admirador do seu marido, razão extra para caçarmos o criminoso que fez essa barbaridade.

— Obrigada, delegado.

— Não me chame de delegado, dona Estela.

— Não me chame de dona Estela que não o chamo de delegado. Eu estou exausta com tudo isso e rezando para poder voltar a ter uma vida mais ou menos normal.

França ainda perguntou se preferiria prestar depoimento em outro dia, mas ela negou. Queria ajudar na investigação e, principalmente, poder voltar à sua casa o mais rapidamente possível.

Quando chegaram à sala do delegado, o escrivão já estava a postos para registrar o depoimento. Luciano notou que o delegado ainda não havia acendido nenhum cigarro - ele, que não suportava ficar sem um cigarro na boca. O delegado começou a formular as perguntas que tinha preparado. Ele havia montado, com ajuda de Luciano, uma espécie de script com uma sequência lógica de questões até aquele dia sinistro.

— Você casou-se com o rabino antes de ele ser contratado por essa sinagoga?

— Sim. Nós nos casamos relativamente jovens para os padrões de hoje. Rosen tinha obtido seu diploma havia pouco tempo e estava procurando seu caminho. Nos conhecemos por intermédio de amigos comuns.

— Você vem de uma família religiosa?

Era óbvio que não, mas a pergunta era importante para situar o rabino e sua família no espectro ideológico de uma comunidade peculiar. França sentia-se à vontade para tratar Estela de forma coloquial, porque ela não se vestia e não agia como a esposa de um rabino ortodoxo tradicional. Suas idades eram aproximadamente as mesmas, o que lhes permitia esse tratamento pouco formal.

— Não. Na verdade, eu nunca havia imaginado minha vida ao lado de um rabino. Nosso casamento foi um choque para minha família, embora ele não fosse ortodoxo. Eu tive que decidir por uma vida diferente daquela para a qual havia me preparado.

— O que significa essa vida "diferente"?

— Muitas coisas, delegado. Rosen, além de ser um rabino, tornou-se uma figura pública. Nosso casamento, no começo, foi apaixonado e ele dedicava bastante tempo à nossa família. Com o tempo, seu trabalho o roubou de mim. Às vezes, passavam-se semanas sem que eu o visse. Mas não é essa sua pergunta. Desculpe se me queixo um pouco, mas sempre senti muita falta dele. Rosen nunca pediu para levarmos uma vida dentro da estrita ortodoxia judaica, mas mantínhamos a tradição da *kashrut* em casa, respeitávamos o *shabat* e todas as festas judaicas. Por outro lado, pude trabalhar e preparamos nosso filho, Samuel, para ter uma profissão, como qualquer garoto de sua idade. Ele está estudando engenharia.

Estela era arquiteta e decoradora.

— Normalmente, eu teria me casado com algum profissional liberal ou executivo de alguma empresa. Teria uma vida pouco religiosa. Poderia até mesmo ter encontrado alguém não judeu.

— Como estava seu casamento?

— Tínhamos nossos problemas, mas ele sempre foi um bom marido, apesar de pouco presente. Já tivemos momentos de grande tensão, mas tive que aceitar minha concorrente. Ela sempre foi mais poderosa.

— Quem é sua concorrente?

— Ora, delegado, a sinagoga! Ele casou-se com ela. Eu sempre fui a outra...

Contou que Rosen dormia e comia pensando nos problemas de sua comunidade.

—Ele sempre foi muito requisitado e vocês nem podem imaginar a quantidade de eventos em que tinha que estar presente. Não sei como ele conseguia se organizar. Convenções políticas, inaugurações, funerais de políticos, visitas de autoridades. Todos procuravam Rosen e tentavam obter dele alguma forma de aprovação moral, de selo de qualidade. Ele sempre teve que ser um verdadeiro equilibrista para não desagradar este ou aquele. É dever do rabino estar acima de afinidades políticas e, pelo bem de nossa comunidade, não desagradar a nenhum partido. As pessoas em geral não imaginam os malabarismos que Rosen tinha que fazer para agradar a todos, e esse trabalho nunca foi remunerado, muito pelo contrário.

— O que quer dizer com isso, Estela?

— As pessoas só veem o lado glamoroso do trabalho, e não os sacrifícios que ele tinha que fazer. Só vieram muito ciúme, muitas intrigas, muitos inimigos, muitas calúnias.

— Mas o rabino apreciava esse trabalho, por assim dizer, "externo"?

— Sim, sem dúvida. Ele gostava desse contato com políticos e autoridades e via nisso uma missão.

— Você alguma vez se envolveu nos assuntos relativos à sinagoga?

— Nunca, delegado. A não ser como mais um membro da congregação. Nunca participei de nenhuma comissão, atividade voluntária, nada. Sempre achei melhor, para o bem do próprio Rosen, que eu não tivesse nenhuma ingerência nas atividades da sinagoga.

— Como você reagiu à doença de seu marido?

— Essa foi uma grande injustiça de Deus... me desculpe.

Prosseguiu comentando que, se Rosen tivesse tido algum câncer, se tivesse acontecido um acidente grave, nada disso teria sucedido.

— Mas Deus mandou um Alzheimer! Ninguém da família dele teve algo parecido. Não há antecedentes. Eu não percebia, até então, quanto ele havia sido afetado pela doença. Estava tomando um monte de remédios sem nenhum controle, que o deixaram totalmente fora de si. Mesmo depois da desintoxicação, ele continuou muito abalado. Parecia um castelo de cartas a ruir. Aquele homem com tanta energia, inteligente, capaz de tomar conta de si e de sua congregação já não existia mais. No lugar dele ficou um homem de altos e baixos, abalado, enfraquecido, sem consciência da gravidade de sua doença. Como se não bastasse, o dispensaram de suas funções na sinagoga. Deram-lhe um cargo honorífico.

— Não deu para intervir na decisão da diretoria? O rabino não tinha amigos para defendê-lo?

— Acho que ele estava muito fragilizado e a comunidade não se mobilizou, pois sua doença a deixou em estado de choque, sem ação. Diziam que ele não tinha mais condições de ser rabino, de manter suas responsabilidades, e as pessoas acreditaram.

— Como explicar um assassinato nesse momento de grande fragilidade do rabino?

— Não consigo entender, delegado.

A conversa seguiu por mais algum tempo em torno de trivialidades. O delegado agradeceu pela cooperação e pela confiança. Prometeu mantê-la informada sobre qualquer descoberta. Luciano sabia que o delegado não ia cumprir essa promessa, mas de qualquer forma manteve-se ao seu lado, apoiando-o em todas as manobras.

O depoimento seguinte era do dr. Hélio, que já estava sentado na sala de espera do andar térreo do DIC. França pediu a um de seus assessores para acompanhar o advogado até o seu gabinete. Quando esse chegou, o delegado se levantou:

— Bom dia, dr. Hélio. Meu nome é França e sou o responsável pelo inquérito sobre a morte do rabino. Este é Luciano, perito-legista que está me assessorando nesta investigação.

— Bom dia, delegado. Bom dia, Luciano. Acho que já nos conhecemos, não?

— Sim, dr. Hélio. Frequentamos a mesma sinagoga e, em certas ocasiões, trabalhei em algumas atividades da sinagoga com o rabino — respondeu Luciano.

— Sim, lembro-me bem de você. Não sabia que você era perito-legista e que trabalhava na polícia técnica.

Nesse momento, França, como de hábito, perguntou ao dr. Hélio se ele gostaria de um café ou uma água e se estava pronto para iniciar o depoimento.

— Vamos começar logo.

— Quando foi a última vez que o senhor viu o rabino?

— Estive com ele no dia do crime, por volta das dezesseis horas. Fiquei pouco tempo, pois precisava buscar minha esposa na casa de uma amiga às dezessete horas. Eu só passei para ver como ele estava. Meu escritório não é muito longe.

— O senhor se considerava amigo do rabino?

— Muito mais que um amigo, um irmão. Eu ajudei a sinagoga a escolher o rabino, trinta anos atrás. Fui um dos primeiros a recepcioná-lo. Temos mais ou menos a mesma idade e, desde aquela época, nos tornamos amigos.

— Como o senhor o achou naquele dia fatídico?

— Norma abriu a porta do apartamento. Eu o encontrei no escritório, como de hábito. Ele estava sentado em frente à sua mesa, lendo um livro. Me pareceu um pouco sonolento, mas achei que devia ser efeito dos remédios que estava tomando.

— Havia mais alguém com o rabino?

— Não, delegado. Naqueles poucos minutos em que fiquei com ele, não havia mais ninguém no apartamento. Perguntei-lhe se precisava de alguma coisa e ele me respondeu que não. Disse-lhe que não poderia ficar muito tempo, pois tinha que buscar Lídia, minha esposa. Ele não estava muito disposto a conversar e pediu para Norma me acompanhar até a porta. Ele sabia que eu o estava vigiando depois de sua saída da sinagoga.

— Nos foi informado que o senhor representou o rabino nas negociações relativas ao seu desligamento da sinagoga.

— Sim. O rabino me pediu para representá-lo assim que a direção da sinagoga comunicou-lhe que seria "dispensado".

— Portanto, não foi ele que pediu demissão?

— Isso é um pouco controverso, delegado. Se o senhor perguntasse ao rabino se foi ele quem pediu demissão ou se foi demitido pela direção da sinagoga, a resposta dele seria que pediu demissão. O senhor tem que entender que tudo isso foi muito humilhante. Sua doença, sua incapacidade de retomar plenamente as atividades, enfim, toda essa desgraça. Ele preferia acreditar que fora decisão dele desligar-se da sinagoga. Minha visão é que lhe deixaram claro que era o momento apropriado para isso.

— Não houve controvérsias a respeito dessa decisão na diretoria da sinagoga?

— Não sei dizer, delegado. Conheço muitas pessoas na diretoria e sou amigo de vários líderes da comunidade. O rabino sempre foi uma personalidade polêmica e tinha seus inimigos. Além disso, não participo há muito tempo das decisões internas de lá. Até porque seria eticamente incompatível, sendo eu o representante de uma das partes nessa negociação. Na verdade, imagino que ocorreram muitas discussões a respeito do rabino, mas me mantive apartado de toda e qualquer polêmica para poder ser útil ao rabino, como seu advogado e amigo. Mais complexo que as hesitações da diretoria da sinagoga foram as várias mudanças de opinião do próprio rabino.

— Como assim?

— Faz parte do quadro de sua doença. Altos e baixos extremos. Houve momentos em que dizia se sentir perfeitamente apto a retomar suas responsabilidades, e em outros momentos entrava em profunda depressão querendo desistir de tudo.

— Eu entendo, dr. Hélio. E como foram as negociações para a saída do rabino?

— Foram muito mais tranquilas do que imaginara inicialmente. Todos os direitos legais do rabino foram respeitados, além de ele ter recebido uma generosa recompensa por todos esses anos de dedicação. Ele cedeu o cargo de presidente do rabinato da sinagoga e recebeu o título honorífico de rabino emérito. Poderia oficiar qualquer cerimônia e ser pago pela sua participação; entretanto, não teria mais participação oficial na vida normal da sinagoga nem em suas cerimônias religiosas. Não faria mais seus discursos e não teria mais honorários pagos pela sinagoga.

— O pacote financeiro que recebeu seria suficiente para mantê-lo? — perguntou Luciano.

— Não. Com o nível de gastos que ele tinha, além dos seus problemas de saúde, não teria dinheiro suficiente para se manter sem achar outras fontes de renda. Ninguém é dono do futuro, mas um homem de 65 anos pode esperar viver até seus 85. Suas reservas financeiras não seriam suficientes para sustentá-lo e à sua família.

— O rabino aceitou as propostas da diretoria da sinagoga, ou foi um processo de negociação conflituoso?

— Foi um processo de negociação muito fácil, dos mais tranquilos de minha carreira. A diretoria aceitou sem titubear, todas as condições solicitadas por mim em nome do rabino. Eles queriam uma solução rápida e sem vazamentos para a imprensa, principalmente. O maior problema foram as idas e vindas do rabino, que não sabia o que decidir. Na opinião dos médicos que o atendiam, ele não tinha mais condições de retomar plenamente suas atividades. Esse laudo me foi apresentado pela diretoria da sinagoga, que solicitou essa avaliação ao médico do rabino.

— Ele participou dessas conversas entre o senhor e a diretoria da sinagoga?

— Não, delegado. As reuniões sempre aconteceram em meu escritório. Eu levava ao *rabino* os resultados e as dúvidas sobre certos aspectos legais da negociação. O senhor quer conhecer os detalhes do contrato?

— Acho que não. Por outro lado, eu gostaria de saber se nessas reuniões, alguma vez, foram comentados os motivos que levaram a diretoria da sinagoga a pedir o seu afastamento.

— Somente em uma oportunidade em que vários membros da diretoria vieram ao meu escritório. Como disse antes, sou amigo de vários deles. Cortei rapidamente qualquer conversa que escapasse do meu papel técnico de advogado do rabino. Como seu representante, não estava interessado nas justificativas que poderiam dar a esse respeito, embora tenham tentado iniciar alguma conversa nesse sentido.

— Humm, entendo, dr. Hélio.

Luciano tomou a palavra:

— Mudando um pouco de assunto, o senhor acompanha o rabino há muito tempo. Notou alguma mudança de comportamento antes de os sintomas de sua doença ficarem evidentes?

— Todos esses acontecimentos foram uma desagradável surpresa para mim. Já havia dito que ele deveria diminuir um pouco seu ritmo de trabalho, dedicar-se mais à sua esposa e ao seu filho. Disse-lhe para viajar mais, enfim, desligar-se um pouco de suas preocupações com a sinagoga. Quando dizemos sinagoga, vocês não podem imaginar os problemas que as pessoas apresentavam ao rabino, pedindo sua intervenção. Eu sei, pois ajudei a resolver alguns desses conflitos envolvendo aspectos legais. Problemas financeiros, problemas conjugais, problemas com adolescentes, problemas com álcool e drogas, problemas com idosos abandonados por suas famílias, problemas de herança envolvendo brigas entre irmãos, problemas societários. Vocês não podem imaginar... Suponho que isso aconteça com qualquer rabino, padre etc. O peso sobre Rosen era muito grande.

— Como ele fazia para relaxar?

— Qualquer um precisa ter suas válvulas de escape para extravasar tensões, e Rosen as tinha também. Ele e um grupo de amigos se reuniam regularmente para trocar ideias, rir um pouco e estudar eventualmente algum tema.

— Quem são os membros desse grupo de amigos do rabino?

— Esse não é um clube formal. Pessoas entram e saem. Alguns já morreram. Alguns vinham muito raramente, outros eram mais assíduos.

— Vamos ficar com a lista dos mais assíduos, dr. Hélio.

— Eles são o dr. Elias, eu mesmo, o empresário Jairo, o Roberto e muitos outros.

— Que tipo de assunto vocês estudavam? — perguntou Luciano.

— Em todos esses anos seria mais fácil dizer qual assunto não estudamos. Geralmente, quando nos deparávamos com alguma polêmica interessante, alguém do grupo puxava a responsabilidade de estudar um pouco o assunto, sem academicismos, e trazer posteriormente uma abordagem mais elaborada.

— Você poderia nos dar um exemplo?

— Ultimamente estudamos e discutimos a revolta judaica contra os romanos no fim da era comum.

— Lembro de ter visto o livro de Flávio Josefo no escritório do rabino — disse Luciano. — Para o senhor saber, delegado, esse livro foi escrito por um historiador romano de origem judaica. É a fonte de informações mais importante sobre esse período histórico, época em que Jesus viveu naquela região. É um assunto fascinante, sem dúvida.

— Depois você vai me explicar mais sobre esse assunto, Luciano.

Ao fim do depoimento, como de hábito, o delegado convidou o dr. Hélio para uma conversa menos formal na cafeteria do DIC. Ao chegarem ao subsolo do prédio, ofereceu cafés e também uma rodada de pãezinhos de queijo.

— Dr. Hélio, seria normal para uma sinagoga negociar a dispensa de seu rabino?

— É normal que rabinos jovens troquem de sinagoga por estarem ainda procurando seu caminho. Em geral, depois que completam mais de dez anos de serviço religioso em uma mesma comunidade, não é comum haver esse tipo de "separação", a não ser que a sinagoga esteja passando por uma profunda crise financeira. Isso às vezes acontece em comunidades pequenas que não conseguem mais sustentar um rabino. Vi muitos casos assim, e é sempre doloroso para todos.

— Mas esse não é o caso de Rosen — comentou Luciano.

— Sem dúvida, não.

— Então, a que o senhor atribui essa decisão de afastar o rabino? — perguntou o delegado.

— Como eu disse antes, não quis comentar esse assunto com a diretoria, por questões de ética profissional, mas acho que foi, principalmente, uma decisão de retomar o controle político sobre a sinagoga.

— Explique melhor sua opinião.

— Há muito tempo a personalidade marcante do rabino Rosen impôs-se sobre todos os aspectos da sinagoga. Tentaram, em algumas ocasiões, limitar seu poder. Tentaram impor algumas regras, mas ele nunca aceitou essas tentativas de limitar sua liberdade. Até que os sintomas do mal de Alzheimer tornaram-se evidentes, e ele teve que pedir uma licença temporária de suas funções.

— O senhor acha então que a demissão do rabino foi uma espécie de vingança política? — perguntou Luciano.

— Não — respondeu o dr. Hélio —, pois essa diretoria foi escolhida a dedo por Rosen. Foi uma retomada de controle da sinagoga e uma tragédia para o rabino. Também é verdade que ele não tinha mais condições de trabalhar no mesmo ritmo de antes, mas poderiam ter reduzido sua carga.

— O assassinato o surpreendeu? — perguntou França.

— Não consigo encaixar o assassinato de Rosen em nenhum raciocínio lógico, delegado. Estou completamente perdido. Não consigo visualizar a quem poderia interessar tal barbárie. Soube pela imprensa que não houve roubo e que foi um ato meticulosamente planejado. Isso me deixa totalmente perdido — uma lágrima rolou pelo rosto do advogado.

Ficaram em silêncio por alguns minutos.

— O senhor acha que, com essa tempestade que se abateu sobre sua vida, o rabino estava abalado a ponto de pensar em suicídio?

— Se pensou, não expressou nenhuma intenção nesse sentido. Suicídio vai contra tudo o que ele sempre acreditou. Por outro lado, ele nunca passou por uma situação como essa que estava vivendo. Posso dizer com certeza que Rosen era um homem profundamente deprimido nesses últimos tempos. Sem saber o que fazer de sua vida, sem entender direito o que estava passando. É muito triste tudo isso.

— Obrigado por sua paciência conosco. Sei que não foi fácil — finalizou o delegado.

França e Luciano voltaram ao gabinete do delegado. Ficaram em silêncio até lá chegarem. O longo e denso depoimento do advogado tinha muitas implicações. Precisavam de algum tempo para digerir aquela massa de informações que o advogado lhes havia fornecido.

— O que você achou? — disparou França, assim que entrou em seu gabinete.

— Foi um depoimento de alguém preparado e que sabe que tipo de informação pode ser útil para nossa investigação. Foi bastante convincente, mas não nos ajuda muito a definir algum eventual suspeito. Achei interessantes aquelas reuniões informais do rabino com outras pessoas para conversar e estudar. Vou dar uma olhada com cuidado nos papéis que recolhi da mesa do rabino. Vou também tentar obter o laudo do médico do rabino sobre sua doença.

— Ok, Luciano. Então amanhã nos falamos.

Logo pela manhã, ao chegar a seu gabinete, Luciano chamou Alberto para inteirar-se do andamento de seus casos. Ligou também para o investigador Gilberto, da equipe do delegado França.

— Como foi seu trabalho no prédio do rabino? — perguntou Luciano.

— Você me aprontou uma boa ontem. Fiquei até a madrugada para terminar o relatório.

— Ora, você sabe muito bem quem lhe pediu urgência. Eu só transmiti a ordem do França.

— Tudo bem. O prédio do rabino é antigo, com muitas falhas de segurança. Entretanto, não encontramos nenhum sinal de que tenha sido invadido. O relatório oficial estará pronto amanhã. Examinamos também a filmagem da portaria e dos elevadores. No relatório estão detalhadas todas as entradas e saídas, as pessoas e os respectivos horários.

— Ok, Gilberto, obrigado.

Nesse momento, Alberto entrou na sala com um punhado de papéis em suas mãos.

— Bom dia, Luciano. Tenho os relatórios de algumas perícias — disse, antecipando-se à inevitável pergunta.

— Vamos lá — disse Luciano, com indisfarçável apreensão.

— O exame das roupas da vítima não nos trouxe nada de novo. Também não encontramos no apartamento do rabino nenhum traço de pegada de alguém que não fosse residente ou visitante habitual da casa. Além disso, obtivemos o laudo do médico que acompanhava o caso do rabino Rosen. Ele confirma o diagnóstico de mal de Alzheimer do rabino. Preparei uma sala com todos os objetos que recolhemos da mesa do escritório do rabino. Acho que vai querer examiná-los.

Os dois foram para a sala onde estavam espalhados os objetos do escritório do rabino, numa aparente desordem. A sala estava bem iluminada, e cada caixa sobre a mesa continha os objetos de alguma gaveta do escritório. Espalharam sobre a mesa o conteúdo referente à gaveta número 1. Começaram a examinar uma infinidade de anotações, papéis com telefones rascunhados etc. Conseguiram, naquela manhã, examinar somente duas caixas e combinaram de continuar no dia seguinte. Aquilo era o mesmo que procurar uma agulha em um palheiro, pensou Luciano. Aquela investigação que o estava assombrando parecia levá-lo somente a becos sem saída. Estava naquela situação, tantas vezes vivenciada por investigadores criminais, de desorientação, de voo às cegas. Ele conhecia bem aquela desagradável sensação.

No dia seguinte, ao chegar ao seu gabinete, Alberto já estava a postos para fazer o seu relatório matinal.

— Bom dia. Tomei a iniciativa de dar uma organizada geral nos documentos do escritório do rabino.

— Como assim?

— Venha ver você mesmo.

Alberto havia aberto todas as caixas do escritório do rabino e classificado os itens que encontrou em algumas categorias: bilhetes rabiscados, notas para discursos, telefones, cartões de visita etc. Havia cerca de vinte categorias diferentes de anotações espalhadas pela mesa. Não resolvia o problema, mas ia ajudar a procurar uma eventual pista naquela papelada. Eles não sabiam o que procurar, mas começaram a examinar as pilhas de papel. Luciano concentrou-se em achar algum bilhete do rabino que indicasse alguma preocupação ou intenção de sua parte. Também procurou dar uma olhada nos últimos discursos que o rabino estava preparando, tentando visualizar o que estava passando na sua cabeça.

Enquanto Alberto trabalhava com suas pilhas de papel, Luciano tentava colocar em ordem cronológica uma pilha de notas relativas à preparação de discursos. Precisava achar um meio de organizar aquela pilha e sabia a quem recorrer: a secretária de Rosen deveria ter algum registro dos discursos do rabino. Ele conhecia bem Sara, com quem teve um contato intenso no período em que colaborou para as atividades culturais da sinagoga.

— Bom dia, Sara. Aposto que você não vai reconhecer minha voz.

— Claro que sei quem está falando. Como vai, Luciano? — respondeu, prontamente.

Era lendária sua eficiência. Graças a ela o rabino conseguia se equilibrar em suas inúmeras tarefas e atender a todas as demandas da imprensa e de políticos. Era ela quem organizava a agenda do rabino, seu arquivo, enfim, sua vida.

— Sara, vou precisar de um grande favor seu: preciso que você venha ao meu escritório com a agenda e com o arquivo dos últimos discursos de Rosen.

— Você quer que eu vá agora?

— Sim, pode vir.

Pouco depois, ela chegou. Quando entrou na sala, ele levantou-se para abraçá-la, emocionado. Os dois eram velhos amigos do rabino. Naquele momento, compartilharam a tristeza pela perda do amigo. Embora distante da sinagoga, Luciano guardava boas recordações e amigos do período em que lá trabalhara.

Passaram-se alguns minutos e começaram a conversar sobre Rosen.

— Esses últimos tempos foram muito tristes para mim e para o rabino. Desde que começou a apresentar os sintomas de sua doença, tive que interromper completamente sua agenda e tentar explicar o inexplicável para muitas pessoas. Como expor algo que eu mesma não consigo compreender? Sabia que ele estava doente, mas como aceitar que, do dia para a noite, o homem cheio de energia e ideias que nos acostumamos a ver poderia se transformar em um ser fragilizado?!

— Você acompanhou as reuniões que levaram ao afastamento do rabino?

— Não. Você sabe que sou somente uma secretária. Não iriam perguntar minha opinião e, se tivessem perguntado, eu diria. Não gostei do que aconteceu. Conheço os argumentos, mas mesmo assim não concordo. Em todo caso, preciso do meu emprego.

— Sara, você sentiu alguma mudança de atitude do rabino nos últimos tempos?

— Pode ser impressão minha, mas achei que o rabino estava mais estável, mais seguro.

— Qual é a sua impressão acerca do novo rabino que foi contratado?

— O rabino Ezra é um rapaz jovem, com excelente currículo e muito gentil. Acabou de chegar e ainda está procurando seu espaço. Agora as coisas são totalmente diferentes na sinagoga. Na época em que você esteve conosco, praticamente todos os assuntos passavam pelas mãos de Rosen, que resolvia ou encaminhava o assunto. Agora os eventos ou problemas são tratados por alguém da diretoria. Não sei dizer se melhorou ou piorou, mas é completamente diferente da sinagoga que você conheceu.

— Ok. Vamos dar uma olhada no arquivo do rabino?

— Sim, aqui está.

Sara abriu sobre a mesa a agenda mais recente do rabino, que não parecia em nada com aquela que Luciano conhecera. Antigamente elas eram borradas de anotações, rabiscos, papéis misturados, que somente ela era capaz de entender. Ao contrário, a agenda dos últimos tempos era bastante sóbria, indicando uma nítida diminuição de ritmo de trabalho. Luciano explicou que aqueles documentos teriam que ser anexados à investigação em curso.

— Esta agenda está bem árida, não é, Sara?

— Eu lhe disse: o rabino teve que reduzir drasticamente seu ritmo de trabalho, sem falar nos períodos de internação durante os quais ficava praticamente incomunicável.

— Se precisar novamente, telefonarei. Obrigado pela presteza.

Depois que ela saiu, Luciano começou a examinar os últimos discursos do rabino. Na verdade, eram um conjunto de anotações que o ajudava a não perder o fio da meada nos eventos. Luciano percebeu que conseguiria entender o sentido geral de cada discurso, sem toda a riqueza que só o rabino poderia criar com seu carisma e sua capacidade de emocionar as pessoas.

Os três últimos versavam sobre a revolta judaica contra a dominação romana em diversos aspectos que o rabino abordou. Nesses discursos, o rabino se concentrou especificamente no episódio de Massada, que ocorreu aproximadamente no mesmo período em que Jesus vivera.

O coração de Luciano batia rápido e ele suava frio quando se lembrou de dar uma olhada no livro de Flávio Josefo que estava sobre a mesa do rabino Rosen. Começou a folhear o livro e, sem surpresa, percebeu a infinidade de rabiscos, observações, notas quase ilegíveis que cobriam várias partes do livro. “Será que o rabino preparou seu suicídio com a ajuda de alguém? Será que planejaram o suicídio de forma a parecer um assassinato, mesmo que consentido? Como conduzir a investigação com tal enfoque?”, pensava, suando frio.

Precisava conversar urgentemente com o delegado para colocar suas ideias em ordem e atualizá-lo a respeito de suas preocupações. Pegou o material sobre a mesa e saiu para o prédio do DIC. Já haviam combinado uma conversa no começo daquela tarde e o delegado estaria esperando ansiosamente suas novidades.

Assim que entrou no gabinete do delegado, puxou uma cadeira e começou a discorrer sobre os últimos desenvolvimentos de seu trabalho pericial.

Atualizou o delegado sobre os resultados negativos em vários caminhos que haviam trilhado e começou a falar sobre o exame do material recolhido no escritório do rabino.

— Bom dia, França. Não tenho boas notícias. A equipe do Gilberto não encontrou nenhum sinal de invasão. Os registros de entrada e saída pela portaria e pela garagem não mostraram a entrada de estranhos ou prestadores de serviços nas horas que precederam o assassinato. Vamos ter que checar com cuidado a movimentação do dr. Elias.

— Por que você está preocupado com o dr. Elias? — perguntou, marotamente.

— Você vai entender. Comecei a examinar os papéis que recolhemos no escritório do rabino e lá encontrei algumas coisas. Pedi ajuda a Sara, secretária do rabino nos últimos trinta anos, e ela me forneceu a agenda dele e sua pasta de discursos. De qualquer forma, o que salta logo à vista, França, é que os últimos discursos do rabino versaram sobre o tema da revolta judaica contra a ocupação romana pouco antes da era comum. Aquele livro do historiador Flávio Josefo está repleto de anotações e rabiscos do rabino. Ele estava realmente obcecado por esse tema.

— Eu não conheço essa história — disse o delegado.

— Vou resumi-la para o senhor. Segundo Flávio Josefo, historiador judeu que viveu entre os romanos nesse período, a guerra dos judeus contra a dominação romana foi a história do massacre quase total de um povo e, certamente, da destruição de um país florescente. O último episódio foi o massacre de Massada, no qual um punhado de resistentes, liderados por Eleazar, resolveu cometer suicídio. Cerca de mil indivíduos, entre homens, mulheres e crianças, decidiram se matar, pois seriam escravizados ou crucificados pelos legionários romanos. Para executar a tarefa, dez homens foram sorteados para matar todos os outros. Em seguida, um entre os dez foi sorteado para matar os outros nove e esse, finalmente, matou-se. Dessa forma, muitos acreditaram que os macabeus driblaram a interdição religiosa contra o suicídio, restando somente a um dentre eles o estigma do pecado. Foi uma forma prática de garantir a execução dessa terrível decisão. Somente um punhado de crianças e mulheres escapou com vida de Massada, para surpresa dos romanos após o ataque final. Encontraram somente muitos cadáveres.

— Você está sugerindo que o rabino tenha preparado seu suicídio com ajuda de alguém?

— Sim, França — respondeu com a voz desanimada. — É possível. Não posso afirmar categoricamente, mas é uma teoria...

— E nosso principal suspeito seria o dr. Elias. Você já tem um perfil dele?

— Sim. É bastante respeitado como médico. Tem cerca de cinquenta anos, nunca se casou e não tem filhos. É um homem solitário, embora bem relacionado. É cirurgião vascular, com doutorado. Mora no mesmo prédio do rabino há muitos anos e frequentava as reuniões de estudo também havia muito tempo. Como você viu no dia do assassinato, ele age como e é considerado amigo da família. Tudo isso, como você pode imaginar, França, vai tornar o encaminhamento do inquérito muito mais difícil.

— Programamos o depoimento do dr. Elias para amanhã, não é, Luciano?

— Sim.

— Vamos manter todos os outros depoimentos e adiar o do dr. Elias. Precisamos de algum tempo para juntar alguns pedaços desse quebra-cabeça. Você já o conhecia?

— Não. Eu nunca participei das reuniões de estudo do rabino, portanto nunca nos cruzamos. Não há qualquer conflito de interesse que possa prejudicar a investigação. Por outro lado, me preocupa muito que nossa suspeita possa prejudicar a imagem do rabino.

— O que poderia acontecer se nossa suspeita de suicídio se tornasse pública?

— Seria um grande sofrimento para Estela, Samuel e toda a comunidade. Seria um choque para todos que amavam o rabino, pois para os judeus é um pecado cometer suicídio. Para todos os efeitos, se confirmássemos nossa suspeita, ele teria planejado a própria morte.

— Vamos fazer o seguinte, Luciano. Vamos guardar em segredo nossa suspeita e continuar o inquérito normalmente. Todos sabem que o caso é difícil, e é perfeitamente normal que não tenhamos ainda uma teoria sobre a qual nos basear para refinar a investigação. Vamos manter este assunto em total sigilo.

— Ok, delegado. Acho que é melhor assim, inclusive para que nosso suspeito não fique alarmado. Aposto que o dr. Elias terá um álibi exemplar, mas vou tentar achar alguma brecha que possa eventualmente desmenti-lo.

Ao chegar em seu apartamento naquela noite, Luciano encheu um copo para tentar relaxar um pouco e conseguir pensar sobre a investigação. Não conseguia encaixar a lembrança que tinha do rabino com a suspeita de que tivesse organizado sua própria morte. Aquele homem cheio de energia, febril em suas atividades, havia sido mortalmente atingido pela doença e pela dispensa da sinagoga. Tornara-se uma sombra do que fora, um espectro frágil e dependente. Por que não admitir a possibilidade de ele ter cometido suicídio? O ato de Eleazar e dos resistentes de Massada é comemorado como um ato de grande coragem, por não terem aceitado o destino trágico que os romanos lhes teriam reservado: morte lenta por crucificação, escravidão. Massada tornou-se um símbolo de coragem do combatente judeu diante de um destino cruel. Por que Rosen deveria aceitar o destino que parecia lhe ter sido reservado?

Luciano sabia aonde tal linha de raciocínio poderia levá-lo. Quando se é jovem, as opções são muitas e basta decidir qual caminho se quer trilhar. Para a maioria dos adolescentes, a dificuldade é escolher algum caminho. Quando se é mais velho, as opções se reduzem muito, podendo até tornar-se um beco sem saída, como parecia ser o caso do rabino. Luciano desconfiava que ele já tivesse percebido que não teria condições de ser o que fora quando jovem e que seu padrão de vida poderia cair. O rabino poderia estar se sentindo em um beco sem saída. Um amigo íntimo poderia ter sido solicitado para ajudá-lo em seu plano de dar um fim a seus dias, ou talvez a ideia tivesse surgido em alguma conversa. Enquanto pensava, adormeceu lembrando-se de Alice. Não conseguia mais distinguir a fronteira entre seus pensamentos, seus sonhos e o pesadelo em que sua vida se transformara desde a morte de sua Alice.

No dia seguinte, Luciano levantou-se antes do amanhecer para se preparar para mais um dia de trabalho. Cumpriu meticulosamente todos os seus rituais de preparação como uma máquina bem ajustada. Ainda se lembrava dos dias em que acordava acompanhado de sua Alice. O casamento durou poucos anos e não tinham tido sequer tempo de pensar em filhos quando apareceu aquela mancha preta em sua pele. Foi extremamente rápida a evolução daquele câncer agressivo. Desde a sua morte, tornara-se recluso e procurava afundar no trabalho a dor que sentia.

A morte do rabino parecia querer levá-lo a pensar nela e na inutilidade da vida que estava vivendo. Curiosamente, aquela investigação sobre o assassinato de Rosen, que fora tão carinhoso nos dias que se seguiram à morte de Alice, parecia lembrá-lo de que também estava se sentindo numa espécie de beco sem saída. Aqueles pensamentos confusos e embaralhados com a investigação ainda povoavam a cabeça de Luciano quando percebeu que havia chegado ao IML. "Preciso de umas férias para colocar a cabeça no lugar novamente." Ao sair do metrô, sentiu o vento forte que anunciava um dia tempestuoso.

Após despachar os assuntos mais urgentes, Luciano dirigiu-se ao prédio do DIC para acompanhar com o delegado França os depoimentos programados para aquele dia. Haveria os depoimentos de Norma, empregada do rabino, e ainda de Jairo e Roberto, membros do grupo de estudos que havia ao redor do rabino. Aquele seria mais um longo dia.

O depoimento de Norma, emocional e confuso, não acrescentou muita coisa, mas confirmou as visitas do advogado dr. Hélio e do dr. Elias pouco antes da hora da morte do rabino. Norma atestou que a última visita foi do dr. Elias, que chegou às sete e meia da noite. Ela acompanhou o médico até o escritório do rabino, onde ele estava estudando, e o recebeu como de costume, uma vez que suas visitas eram bastante regulares, ocorrendo até quatro vezes por semana. Isso não a surpreendia, pois os dois eram próximos havia muito tempo e o médico morava no mesmo edifício. Ela comprovou que o dr. Elias ficou por pouco tempo no apartamento do rabino, saindo às oito horas. Depois dele ninguém mais entrou no apartamento e ela se recolheu até as nove, quando foi perguntar ao rabino se queria mais alguma coisa. Foi quando o viu caído em meio a uma poça de sangue. Imediatamente, chamou o zelador, Fabiano, para acudi-la e ao rabino. Também confirmou que a esposa do rabino e seu filho saíram às cinco da tarde daquele dia e que, logo após chamar o zelador, telefonou para Estela e lhe deu a terrível notícia. Declarou também que nada ouviu ou notou de diferente naquele dia em relação aos hábitos do rabino.

Os depoimentos de Jairo e de Roberto confirmaram que o dr. Elias e o dr. Hélio eram os amigos mais próximos do rabino. Todos participavam ativamente das reuniões que aconteciam na casa de cada um deles, sempre sob a liderança do rabino, até o aparecimento de sua doença. Às vezes, chamavam algum especialista para falar sobre algum tema específico, sem contar as inúmeras pessoas que o rabino convidava aleatoriamente. O dr. Elias havia recentemente desenvolvido alguns temas com o rabino a respeito do uso de células-tronco embrionárias, ética médica e também eutanásia ativa e passiva. Ele sempre foi dos mais assíduos participantes dessas reuniões por ser vizinho do rabino e solteirão convicto, o que lhe dava uma liberdade que nenhum outro tinha. Depois que o rabino adoeceu, essas reuniões ficaram mais raras, praticamente convocadas pelo dr. Elias. A participação do rabino, a partir de então, tornou-se mais apática, a não ser quando se abordava o tema "revolta judaica contra os romanos" e Massada, que se tornara seu assunto predileto, sua obsessão. Tanto Jairo quanto Roberto disseram ter a nítida impressão de que o rabino parecia deprimido nos últimos tempos, apesar de medicado.

Disseram que a presença de Estela, esposa do rabino, foi quase sempre nula em todos esses anos. Não participava das reuniões, que eram essencialmente masculinas, e sempre teve sua atividade profissional independente. Depois que Rosen ficou doente, teve que cuidar mais do rabino, mas a impressão que ambos tinham era de que o casamento do rabino era muito frio.

Depois dos depoimentos, ao fim daquele longo dia, o delegado convidou Luciano para um lanche. Seria a oportunidade de atualizarem seus pontos de vista e planejarem seus próximos passos.

— Acho que, por enquanto, não devemos convocar os membros da diretoria da sinagoga para depor. Creio que eles não tenham nada com isso e as informações poderão ser obtidas em conversas informais. O que você acha? — perguntou França.

— Também acho, delegado. Com a ajuda de Sara, tenho certeza de que conseguirei conversar com alguns deles para esclarecer qual foi a dinâmica do desligamento do rabino. Além disso, não posso acreditar que Sara, Estela ou Samuel estejam envolvidos no assassinato do rabino.

— Eu concordo com você, Luciano, mas mesmo assim gostaria que você verificasse se o rabino tinha algum seguro de vida recente e quem seriam os beneficiários. Vou reconfirmar o depoimento do dr. Elias para daqui a dois dias. Não podemos adiar muito mais. Ele é nosso principal suspeito, mas vou deixá-lo perceber isso lentamente.

Despediram-se em seguida.

Luciano não voltou ao seu gabinete. A chuva forte batia nas janelas da entrada do prédio do DIC, mas havia uma passagem subterrânea que poderia levá-lo ao metrô e à sua casa. Sabia que, se tentasse atravessar a praça até o IML, chegaria encharcado. Preferiu então voltar para casa e chegar mais cedo no dia seguinte para despachar seus assuntos com Alberto. Mesmo assim, deu uma ligada para saber se havia algum fato novo ou assunto urgente para resolver.

Ao entrar no metrô, as imagens de Alice voltaram a povoar sua mente. Desde a sua morte, parecia que seu cérebro havia criado uma barreira que agora parecia prestes a se romper. Por algum motivo que não conseguia entender, aquela investigação estava quebrando essa barreira dentro de si que represava sua sensação de perda.

Assim que chegou, abriu uma garrafa e encheu o copo. Ligou a televisão com o noticiário da noite e sentou-se. Seu apartamento estava bem-arrumado, pois aquele era o dia em que a faxineira passava. Olhava a televisão sem prestar atenção nas imagens que desfilavam à sua frente. Poderiam ser parte de uma pintura abstrata e, se alguém perguntasse o que estava assistindo, não saberia responder. Queria parar de pensar, parar de sentir, parar tudo. Mas, naquele momento, tudo naquele apartamento lembrava Alice. Os primeiros meses de casamento, as noites ardentes preenchidas de suor e amor. Eles simplesmente estavam juntos e tinham tempo de se amar. Já fazia quatro anos que ela se fora e Luciano mal percebera o tempo passando. Afundara sua alma no trabalho, nos dramas de outros para esquecer o seu. Mas agora Alice voltara e a dor da ausência parecia insuportável. Como pôde fazer aquilo com ele? Mal tivera tempo de perceber que sua doença a destruiria tão rapidamente. Em menos de quatro meses seus órgãos já não respondiam, e ela teve que ser hospitalizada para uma curta agonia.

O *Kaddish* saía de seus lábios trêmulos e ele não entendia por que tanta gente chorava. Mas algo o marcou para sempre naquele cemitério. O barulho das primeiras pás de terra se chocando contra o caixão depositado no fundo da vala, o som ao mesmo tempo oco e profundo o levaram às lágrimas naquele momento, lágrimas envergonhadas, autocensuradas como se fossem um erro. Em muitos outros funerais, lágrimas mais soltas rolaram, não por aquele que estava lá embaixo, mas por algum sentimento egoísta de finitude, de despropósito, de futilidade.

"*Yisgadal v'yiskadash sh'mei rabba.*" No idioma santo, significa "que o seu nome possa ser exaltado e santificado". Recitou o *Kaddish* sem entender nada, a não ser que exaltar a Deus lhe parecia falso. Não tinha vontade nenhuma de rezar por Deus. Era ele quem estava frágil e precisando de ajuda, não Deus. Por que o todo-poderoso estaria precisando de suas orações?

Por que o assassinato do rabino o fazia reviver a dor de sua perda? Havia enterrado aquele sentimento o mais fundo que pudera, mas não o suficiente. Estava acostumado a ver pais chorando por filhos, mães chorando por filhas, desespero, mortes inúteis, mas a morte do rabino e sua decisão extrema o abalaram. Também havia sentido vontade de acabar com tudo quando Alice se foi. Mas aquele pensamento lhe parecera sem sentido, uma ofensa. Então, resolveu não pensar mais. Agora tinha que fazer alguma coisa, pois era tempo de pensar novamente.

Quando Alice morreu, o rabino aproximara-se. Numa ocasião, tentou explicar-lhe por que se recita o *Kaddish* quando se perde alguém querido. Nesses momentos de desesperança, de sentimento de injustiça e incompreensão pela perda, louva-se a Deus. Por quê? Luciano começava a perceber o sentido daquelas palavras. A vida continua e ele tinha opções pela frente. Bastaria querer enxergá-las. Então algumas lágrimas rolaram pelo seu rosto. Não havia permitido que elas fluíssem, mas agora, sim, elas poderiam rolar livremente. Aquelas lágrimas transformaram-se em um choro descontrolado, deixando extravasar uma emoção que não podia mais ser contida. Quanta falta sentia de sua Alice...

Será que agora poderia novamente pensar em ter férias do seu trabalho? Em viajar para algum lugar diferente? Em conversar com outras pessoas? Sentia-se mais leve – poderia viver novamente. Rosen o estava ajudando mais uma vez e ele sentia que devia algo ao rabino. Mas como pagar? Luciano pensou se aquele era tempo de achar o assassino. Seria essa a forma de agradecer ao rabino? A dúvida o incomodava, pois estava ficando cada vez mais claro que o assassinato fora "consentido". Alguém que conhecia bem o rabino, provavelmente um amigo, concordara em ajudá-lo a se matar, de forma que o rabino não fosse considerado um suicida e enterrado de forma vergonhosa.

No dia seguinte, logo cedo, Luciano chegou ao seu gabinete para despachar os assuntos mais urgentes e seguir para a sinagoga. Sabia que encontraria Sara e era com ela mesmo que queria conversar. Lá chegando, logo perguntou:

— Sara, preciso conversar com alguém da diretoria que possa me esclarecer alguns aspectos do afastamento do rabino. Você saberia me dizer com quem falar?

— Acho que o Roberto Szidon estaria mais disponível para conversar sobre este assunto.

— Você pode ligar para ele?

— Sim. Espere um momentinho.

Roberto pediu-lhe que fosse ao seu consultório em trinta minutos. Era dentista e não teve dificuldade em receber Luciano, que preferiu ir a pé. No caminho, Luciano teve tempo de repensar todos os aspectos daquele inquérito e sentiu-se incomodado por não querer ir mais fundo. O prazer que sempre teve em encontrar alguma prova que pudesse encurralar algum suspeito desaparecera por completo. Começou a perceber que não queria mais estar com o delegado França naquele caso – queria acordar e nunca mais pensar sobre aquilo. Sentia-se pronto agora para seguir sua vida, sem Alice, sem o rabino. Além disso, seria uma traição à sua amizade com o delegado prosseguir sem motivação.

Quando entrou no consultório, ainda imerso naqueles pensamentos, encontrou o velho conhecido esperando-o calorosamente. Luciano conhecia bem voluntários como Roberto. São pessoas que raramente assumem alguma responsabilidade ativa, mas que querem sempre ter seu nome nas placas comemorativas. Procuram alimentar seu ego, melhorar seu relacionamento na sociedade sem gastar muito. Roberto era muito experiente em todo tipo de organização da comunidade judaica fazendo parte da diretoria ou do conselho administrativo de várias entidades. Era um homem afável e esperto.

— Como vai, meu caro Luciano? Faz tempo que não o vejo trabalhando na sinagoga.

— Eu estou bem, e você, Roberto? Você sabe que estou envolvido na investigação do assassinato do rabino Rosen? — respondeu, sem paciência de iniciar uma conversa sobre as futilidades que o outro tanto apreciava.

— Sim, claro que estou sabendo.

Ele sabia antes mesmo de Sara telefonar - era uma das pessoas mais bem informadas da comunidade judaica.

— Preciso checar algumas informações relativas ao período posterior ao aparecimento dos sintomas da doença do rabino — prosseguiu Luciano.

— Triste história. Nunca vi ou ouvi nada semelhante. O que me deixou completamente aturdido é que o rabino nunca deixou transparecer os sintomas de sua doença.

— Por que a diretoria da sinagoga quis que o rabino pedisse demissão de seu cargo?

— Porque ele não tinha mais condições de ser o rabino — disse Roberto. E prosseguiu. — Nós não dispensamos o rabino; foi algo mutuamente acertado. A família do rabino, seu advogado e ele próprio concordaram que não havia mais condições de manter suas atividades. O rabino mostrou, em certos momentos da negociação, intenção de retomar suas atividades plenamente e, em outros momentos, desânimo completo. Esses sintomas, segundo o seu médico, são típicos de sua doença.

— Você já ouviu falar de alguma sinagoga que dispensasse seu rabino por ter problemas de saúde?

— Muitos achavam que ele dedicava pouco tempo às suas funções de rabino em nossa sinagoga. Além disso, preparamos um bom pacote financeiro. Não ficamos felizes com essa tragédia.

— Sejamos francos, Roberto: você acha que o rabino teria condições de viver sua vida com a indenização que lhe foi paga?

— É claro que não, Luciano. Teria que achar outras fontes de renda.

— Então eu ainda não consegui entender a lógica do afastamento. A diretoria foi unânime? O conselho foi consultado?

— É claro que houve divergências. O conselho foi consultado informalmente durante a negociação, pois o valor da indenização era elevado e eles precisavam saber. O acordo foi posteriormente referendado pelo conselho. Na verdade, poucos divergiram e estes acabaram por ficar isolados e sem ação. Prefiro não falar nomes específicos, mas pode-se considerar que todo o processo de negociação foi aprovado pela diretoria e pelo conselho. Portanto, a responsabilidade é de todos.

— Não se cogitou a possibilidade de diminuir a responsabilidade do rabino, mantendo-o ativo na sinagoga?

— Houve quem sugerisse tal hipótese, mas não foi o caminho escolhido. A vontade da diretoria foi contratar um novo rabino, jovem, com funções específicas de rabino.

— O que você quer dizer com funções específicas de rabino?

— Ora, Luciano, você conhecia o rabino e sua agenda. Ele sempre dedicou grande parte do seu tempo a atividades que não tinham nada a ver com a sinagoga.

— Isso é muito discutível, Roberto. O fato é que a sinagoga nunca esteve tão cheia de vida como nos últimos anos. Todas as atividades caritativas funcionavam corretamente. E tudo isso tem também o dedo de Rosen. Ele se dedicava de corpo e alma à sinagoga e também a aspectos que diziam respeito a toda a comunidade judaica.

— Muitas vezes pensei como você, mas a avaliação da diretoria foi que o rabino não tinha mais condições de desenvolver seu trabalho e que era o momento de ele se desligar da sinagoga. Seguimos inclusive a orientação do médico do rabino, que o considerava incapacitado para o trabalho.

Não havia mais nada a ser dito...

— Como está indo a investigação, Luciano? — perguntou Roberto.

— Não posso falar nada a respeito.

No dia seguinte, como de hábito, Luciano passou em seu gabinete para despachar os assuntos mais urgentes com Alberto e, em seguida, dirigiu-se ao prédio do DIC. Ele tinha muito a falar com o delegado França, lá chegando muito antes do horário previsto para o depoimento do dr. Elias.

— Bom dia, França. Pedi para avisarem que viria bem cedo, pois temos muitos assuntos para conversar antes do depoimento do dr. Elias.

— Eu sei que esse depoimento é importante. Quais são as novidades?

— Tecnicamente não há grandes novidades. França, você vai ficar chateado comigo, mas acho que não poderei mais continuar sendo seu perito nesta investigação. Na verdade, eu entrarei com o pedido de desligamento deste caso amanhã, por motivo de conflito de interesse.

França, estupefato, ficou olhando para Luciano.

— Mas o que mudou neste inquérito para você sentir esse conflito de interesse agora?!

— Não foi o inquérito que mudou, França; fui eu...

Explicou que trabalhara febrilmente no caso do rabino, negligenciando outros casos que tinha sobre a mesa. Assumiu como missão pessoal achar e punir o assassino do rabino, mas estava ficando cada vez mais claro que o assassino do rabino poderia ter atendido a um pedido dele mesmo.

— Estamos diante de um suicídio "judaico", delegado, preparado minuciosamente pelo rabino com algum amigo que se dispôs a atender a esse pedido. O problema é que, quanto mais penso no caso, menos absurdo parece ser esse desejo do rabino de acabar com sua vida.

— E se você estiver enganado? E se esse "amigo" do rabino tiver decidido "suicidar" o rabino por algum julgamento obtuso e doentio?

— As evidências não indicam que ele tenha sido assassinado sem preparação prévia. Estou falando do forte sonífero ingerido pouco antes de sua morte. Não houve arrombamento, não há sinais de invasão do prédio por estranhos. O rabino não tinha seguro de vida. Tudo indica que o dr. Elias tenha sido o carrasco escolhido pelo rabino. As leituras recentes do rabino, seus discursos, tudo leva a crer que ele repetiu o gesto dos macabeus. Ele se sentiu acuado, sem opções, a não ser a vergonha e a impotência. Acontece que para mim não há mais sentido em colocá-lo em dúvida. Sinto que devo respeitar a sua decisão.

— Não entendo. É nosso dever profissional esclarecer o caso. O julgamento das responsabilidades será papel da Justiça, quando entregarmos nosso relatório final.

— Em geral é isso mesmo, França. Lamento, mas eu devo algo ao rabino.

Luciano não tinha certeza se deveria abrir o seu coração, mas ele e o delegado eram velhos conhecidos e trabalharam em inúmeros casos antes. Sentia-se motivado a aproximar-se mais do França, por quem nutria grande admiração profissional, e achava que poderia ser mais que um colega profissional.

— Você se lembra de minha esposa, Alice? — prosseguiu. — Quando ela morreu, há mais ou menos quatro anos, fiquei muito abalado. Na verdade, até ontem não havia me recuperado desse choque.

— Como assim?

— Desde a sua morte, eu só encontrei uma forma de esquecer a dor: mergulhar no trabalho, chegar exausto em casa e beber alguns copos de cachaça para cair no sono. Essa tem sido minha rotina desde que ela se foi.

— Mas o que isso tem a ver com o rabino e seu assassinato?

— Na época em que ela morreu, o rabino foi muito carinhoso comigo. Esteve junto em todas as rezas e lembro que sempre dizia que eu tinha opções, que a dor daquela perda se dissiparia pouco a pouco e que a vida não havia terminado. Ele repetiu essas palavras de muitas formas diferentes, tentou me consolar. Na verdade, eu entrei, devido ao choque, em um estado de catatonia, não me permitindo sentir a dor da perda. Até que ontem à noite, finalmente, consegui chorar por Alice. Parece que finalmente poderei acordar desse pesadelo que me tortura diariamente.

— Entendo, Luciano.

— Estou mais leve agora, França. Sinto muita saudade de Alice. Sinto muito a sua falta, mas parece que a morte dela aconteceu há muito, muito tempo. Estou com vontade, pela primeira vez desde a sua morte, de tirar férias, de viajar, de ver outros lugares, de conhecer outras pessoas. Sinto que vou viver novamente. Eu tenho essas opções, mas o rabino não as teve, pois foi colocado num beco sem saída. Eu visitei novamente a sinagoga para falar com Roberto Szidon, antigo conhecido que faz parte da diretoria. Ele confirmou aquilo que eu já havia entendido. A diretoria aproveitou a fraqueza do rabino para afastá-lo sem temer uma reação da congregação. Foi uma resposta ao poder exagerado que o rabino havia obtido no correr dos anos.

— O que você quer dizer com poder exagerado?

— Diretorias de organizações sociais são formadas por pessoas que não têm um compromisso permanente. Essas diretorias mudam no decorrer do tempo, e o rabino foi ocupando um espaço cada vez maior nas decisões da sinagoga. Ninguém podia se contrapor a ele, que fazia o que julgava melhor para a sinagoga e para si. Rosen era um homem apaixonado por aquilo que acreditava ser sua missão. Pouco a pouco a sinagoga se tornou uma extensão do rabino.

— Humm, sei...

— Ainda perguntei ao Roberto por que não propuseram ao rabino uma redução em suas atividades e a contratação de outro para assumir parte de suas responsabilidades.

— E o que ele respondeu?

— Não respondeu. Não sei se cogitaram essa possibilidade. Na verdade, a decisão foi afastar o rabino, "virar a página", como Roberto disse. Mas, voltando ao assunto do meu conflito de interesses, eu não quero mais procurar o assassino, pois já desconfio quem foi e não vai ajudar em nada a comunidade judaica, a sinagoga nem o rabino tentar encurralar a mão que executou o seu plano.

— Entendo o seu ponto, Luciano, mas não concordo.

Disse que não descartava a possibilidade de que alguém tivesse decidido "suicidar" o rabino, com boas ou más intenções. Por outro lado, a interpretação do desligamento do rabino de sua sinagoga podia ser emocional também.

— Não se encontram pessoas com mal de Alzheimer trabalhando em empresas com grandes responsabilidades em suas mãos. Daqui a pouco chegará o dr. Elias. Você vai querer participar do depoimento?

— Sim, França. Eu só queria explicar a minha dificuldade e minha decisão.

— Entendo o seu pensamento e não posso criticá-lo. Sou policial até a última célula viva. Acho que já nasci sendo policial, apesar de não ter percebido isso no começo de minha vida profissional. Você sabia que eu tentei ser músico? Estudei piano e viola e poderia ter seguido outro caminho na vida. Ser professor de música, membro de alguma orquestra, regente...

Imediatamente, França lembrou-se de seu pai lhe dizendo que deveria estudar no mínimo duas horas por dia.

— Ele dizia que eu poderia escolher entre as trompas ou tubas para ter uma garantia de emprego no futuro. Sempre havia poucos candidatos para os postos de metaleiros das orquestras.

Seu pai havia morrido jovem, e França nunca conseguiu entender direito aquela obsessão dele, mas na sua juventude conviveu com o gosto pela música clássica. Seu pai continuava próximo. Nunca aceitou sua opção pela carreira de investigador policial.

— "Advogado, vá lá", dizia. "Mas policial?! Você vai trocar a música pela escória da humanidade", e ele tinha razão. Eu também nunca consegui entender direito essa opção, esse gosto pela feiura, pela crueza, pela violência, gratuita ou não.

Até que aconteceu aquele assalto... O rapaz franzino viu seu pai ser baleado no peito. Pegou-o no colo e ficou olhando-o esvaindo-se em sangue até perder a consciência e morrer em seus braços. Ninguém na rua podia ajudá-lo. A cena, que lhe pareceu interminável, na verdade durou apenas alguns poucos minutos de terror que mudaram seu destino para sempre. Abraçou o pai no momento de sua morte. As pessoas em volta olharam sem saber o que fazer, e a polícia, ao chegar, ajudou como pôde. Chamaram sua mãe, que o encontrou chorando baixinho ao lado do pai já coberto por jornais na rua. Dizia sempre que não sabia o momento exato em que tomou a decisão de abandonar a música e abraçar a morte, mas que achava que foi naquela rua, ao lado do cadáver de seu pai. França sentia que a morte o havia seduzido. Passara tão próxima, poderia ter sido ele o atingido por aquela bala fatal. E então ele a queria próxima de si e o cheiro de sangue não lhe parecia grotesco, desagradável. Música é uma espécie de droga que potencializa as sensações de prazer de nosso cérebro. Por mais crua que seja, ainda assim tem o poder de levar a um estado de êxtase estético. Não era mais o mundo de nosso garoto, futuro inspetor. Ele queria a crueza do mundo real, do feio, da mentira exposta, da maldade sem freios. Sob controle. Essa era a encruzilhada que o França ultrapassou. Nunca mais sem controle. A violência do mundo, das pessoas, estaria sempre sob controle, imaginava. Descobrir a trama por detrás das mentiras, as motivações por detrás dos crimes, as técnicas assassinas seriam, dali para a frente, seu verdadeiro desafio.

— Nunca desconfiei desse seu passado, França.

— Prefiro que ninguém saiba muito de minha vida no DIC, mas nós somos amigos!

Naquele momento, Luciano e o delegado se levantaram para dar um abraço que selaria, dali para a frente, sua amizade. Naquele momento, sem esconder sua surpresa com a cena, um auxiliar da equipe do delegado anunciou que o dr. Elias havia chegado.

— Só queria dizer uma última coisa, delegado. Lembre-se de que o perfil psicológico do dr. Elias é instável. É um homem solitário, sem família, que, provavelmente, matou o rabino. Acho que, se for pressionado, não terá dificuldade alguma em decidir pôr fim em sua vida também. Tem conhecimento e acesso a medicamentos perigosos.

— Se ele fizer isso, Luciano, estará economizando ao Estado um bom dinheiro em investigações, perícias e custos do seu aprisionamento — respondeu França.

Luciano sempre apreciara as ironias do delegado. Eles riram e pediram ao auxiliar que o encaminhasse até a sala do delegado.

O dr. Elias era um homem de estatura abaixo da média e ligeiramente obeso. Tinha 53 anos e uma enorme coleção de cicatrizes de catapora juvenil no rosto. Sua timidez contribuía para uma vida solitária. Apesar de sua reputação como cirurgião vascular, sua clínica não era das mais concorridas.

— Bom dia, dr. Elias. Gostaria de um cafezinho, uma água? — perguntou, gentilmente, o delegado França.

— Não, obrigado, delegado. Estou bem.

— O senhor era amigo do rabino Rosen?

— Sim, era amigo do rabino havia muito tempo e ouso até dizer que era seu amigo mais próximo, principalmente nos últimos tempos.

— Quer dizer após os primeiros sintomas de sua doença?

— Sim.

— Você era o médico do rabino?

— Não, mas como médico e amigo respondi a muitas perguntas do rabino e de sua esposa, Estela. Também o acompanhei às últimas consultas com seu médico.

— Qual era o diagnóstico da doença? — perguntou França.

— Mal de Alzheimer — respondeu.

— Ele tinha um bom prognóstico para o tratamento de sua doença?

— Alzheimer é pouco conhecido. Na verdade, temos medicamentos que minimizam os sintomas mais agudos, mas não temos instrumentos para a cura. A evolução da doença leva à perda inexorável e progressiva das funções cognitivas. Não há nada que se possa fazer, a não ser orientar a família para o tratamento.

— Gostaria de mudar agora um pouco de assunto, dr. Elias. Quando foi a última vez que o senhor viu o rabino vivo?

— Passei na casa dele por volta das sete e meia da noite. Norma, a empregada do rabino, poderá confirmar isso. Fiquei lá poucos minutos. Fazia isso praticamente todos os dias antes de me recolher, desde que o rabino ficou doente.

— O senhor tem uma empregada em sua casa que possa confirmar esses horários?

— Sim, delegado. Minha empregada, Inês, dorme em casa durante a semana. Ela trabalha para mim há muitos anos e poderá confirmar meus horários naquela noite.

O dr. Elias transmitia naquele momento controle absoluto da situação. Estava calmo e respondia às perguntas como se já soubesse que elas lhe seriam dirigidas. Parecia seguir um script previamente ensaiado.

— Quando o senhor soube do assassinato do rabino? — prosseguiu França.

— Eu ouvi a notícia pelo rádio e desci para ver o que estava acontecendo. Não me deixaram entrar no apartamento. Quando o zelador, Fabiano, me viu no meio da multidão de curiosos, pediu para ajudá-lo com Norma, empregada do rabino, que estava passando mal. Sabia também que Estela chegaria a qualquer momento e eu queria estar por perto para acudi-la, se necessário.

— Dr. Elias, quem poderia ser o assassino do rabino?

— Não passa pela minha cabeça quem poderia fazer tal barbaridade. Todos esses acontecimentos na vida do rabino neste último ano foram surpreendentes. Ele era um homem apaixonado pelo seu trabalho. Depois a diretoria da sinagoga resolveu dispensá-lo, após trinta anos de trabalho pela comunidade, e agora ele é assassinado. Como explicar esses acontecimentos?

— Esse é nosso trabalho, dr. Elias. O senhor pode ter certeza de que todos esses fatos estão interligados e que nós acharemos o fio que os conecta ao assassino. Isso eu garanto — disse França, com firmeza.

Olharam atentamente para o dr. Elias naquele momento para ver algum sinal de fraqueza. Era um vício profissional de ambos. De vez em quando, uma apertada para testar as defesas, mas ele não esboçou nenhuma reação perceptível naquele momento. Todavia, o delegado França tinha tempo e atacaria novamente.

— Como você viu o afastamento do rabino da sinagoga, dr. Elias?

— Foi uma traição aos anos que ele dedicou à sinagoga e à comunidade. Quando tiveram uma chance, aproveitaram para puxar seu tapete.

— Como ele reagiu quando a diretoria lhe pediu o cargo?

— Ele estava passando por um período muito ruim de sua doença, com os medicamentos causando efeitos colaterais muito fortes. Acho que se sentiu dividido: uma parte dele queria lutar como fizera em outras ocasiões, mas estava muito frágil para tentar uma reação. Não conseguiu se defender. Pediu então ao seu amigo, o advogado dr. Hélio, para intermediar um acordo financeiro.

— O senhor diria que o rabino estava deprimido?

— Acho que ele estava se sentindo perdido, delegado. Aliás, os altos e baixos, euforia e depressão são sintomas de sua doença. Ele queria acreditar que as coisas voltariam a ser o que eram. Característicos de sua doença também eram os momentos em que acreditava que teria força e apoio da comunidade para reverter aquela situação, e outros momentos em que achava que tudo estava perdido e que seu destino o levaria à miséria, à vergonha e à desgraça.

— Dr. Elias, o quadro da doença do rabino poderia ensejar alguma intenção de suicídio?

Novamente prestaram atenção aos mínimos detalhes da expressão corporal e às leves mudanças de entonação de voz que pudessem dar algum sinal de desconforto do doutor. Ele, entretanto, não demonstrou nenhuma hesitação ou nervosismo com a pergunta.

— Sim, delegado, o doente pode apresentar tendências suicidas, embora o rabino não tenha dito ou tentado nada nesse sentido.

— Ele teria condições, dado o seu quadro, de reverter a situação negativa em que se encontrava? Teria condições de achar algum trabalho?

— É difícil dar uma resposta objetiva a essa pergunta. No momento atual, eu diria que não. Nem mesmo as suas atividades rotineiras, tais como visitas aos doentes no hospital, enterros, *bar mitzvás, bat mitzvás*, casamentos. Ele fez alguns casamentos e esteve em alguns enterros, mas foi difícil.

— Ao que lhe consta, o rabino teria condições de viver sua vida sem algum trabalho remunerado? — insistiu o delegado.

— Vou dizer o que penso sem rodeios, delegado. Deixaram o homem sem escolha e fadado a chegar a um beco sem saída. Será que entenderam que ele não viveria por muito mais tempo? — respondeu, com evidente irritação.

— A doença do rabino permitia a ele perceber claramente sua situação financeira?

— Apesar dos seus altos e baixos, ele sabia muito bem que sua situação não era das melhores e que precisaria encontrar alguma atividade que lhe proporcionasse algum rendimento. Ele tinha em vista continuar com os casamentos e outras cerimônias típicas de rabino.

— O senhor acreditava que ele teria condições de manter sua atividade profissional?

— Eu achava que o rabino estaria em dificuldades em algum momento.

— E como Estela, a esposa do rabino, tem reagido desde o início das dificuldades dele?

— Há muito tempo ela desistiu de se intrometer na vida do rabino. Eles estavam muito afastados um do outro. Ela tinha sua profissão e contentava-se em ser companhia do rabino em alguns eventos. Quando os sintomas da doença apareceram, ela não percebeu. Também não participou das negociações entre o dr. Hélio e a diretoria da sinagoga, embora o resultado desse acordo pudesse impactar fortemente sua vida. Acho Estela muito alienada e não sei se ela já percebeu todos os problemas.

O depoimento prosseguiu ainda por muito tempo, com o delegado procurando cercar o dr. Elias por todos os lados possíveis. A verdade é que o médico provou ser uma pessoa com nervos de aço. Estava preparado para responder qualquer pergunta. Seria um osso duro de roer e, naquele momento, o delegado França não queria ainda mostrar que ele era o suspeito número 1 daquele crime. O delegado ainda acreditava que seria possível achar alguma evidência de que houvera a participação do dr. Elias no assassinato "consentido" do rabino Rosen.

Passado um mês, Luciano entrou em seu gabinete depois das merecidas férias e sentiu como se estivesse entrando pela primeira vez. Estava pronto para recomeçar sua vida. Nas férias, foi radical em sua escolha de roteiro: procurou um local distante, selvagem e precário. Nada funcionava nos locais em que esteve. Ficou, portanto, em isolamento quase completo, alienado de tudo e de todos. Queria limpar sua alma. Ao fim, acreditava estar pronto para voltar. Não sabia ainda que decisões ia tomar. Não sabia se queria ficar com o mesmo apartamento, com as mesmas roupas, com o mesmo emprego.

A rotina no IML continuava a mesma, com as autópsias sendo feitas em ritmo regular – Alberto não ficara sobrecarregado durante suas férias. Luciano estava curioso para saber o andamento da investigação sobre o assassinato do rabino.

Assim que chegou ao seu escritório, chamou Alberto à sua sala. Ele fora designado como seu substituto na assessoria técnica do delegado França, com quem não fora nada fácil trabalhar. Ele não estava acostumado com as manias do delegado, nem este tinha confiança em seu trabalho como perito. Foi um mês difícil, embora grande parte do trabalho pericial já tivesse sido feito antes. Alberto sabia que França contava muito com o conhecimento que

Luciano tinha das particularidades da comunidade judaica para guiá-lo, mas essa lacuna ele não poderia suprir. França nunca deixava de mostrar sua irritação com aquele caso.

— Tentamos achar algum ponto fraco no depoimento do dr. Elias, algo que nos permitisse cercá-lo, mas os únicos que ficaram nervosos fomos nós. Aquele homem é uma pedra de gelo e tem resposta para tudo — disse Alberto.

— O delegado França deixou claro quem era o principal suspeito? — perguntou Luciano.

— Não havia mais como esconder. Obtivemos um mandado de busca e apreensão para examinar o apartamento do dr. Elias e tentar achar a arma do crime ou algo que o ligasse ao sonífero que o rabino tomou pouco antes do golpe que o atingiu.

— E acharam alguma coisa?

— Sim e não, Luciano.

— Como assim, Alberto?

— Encontramos na farmácia do dr. Elias um blíster do mesmo sonífero que o rabino tomou. Isso nos permitiu pressioná-lo e obter a prisão preventiva. Falei com o delegado ontem e ele me deixou também preparar a liberação do apartamento para Estela e seu filho.

— Acho que eles vão ficar aliviados. A imprensa percebeu que o foco da investigação estava sobre o dr. Elias? — prosseguiu Luciano.

— Não. Como sempre, a imprensa e as pessoas em geral esqueceram o caso. É verdade que alguns procuraram por você, apreensivos com o andamento das investigações, mas disse a eles que você tinha se afastado e que estava de férias.

— Você sabe quem ligou?

— Entre outros, alguém ligado à sinagoga. Se não me engano era um senhor Roberto. Eu me lembro dele, pois foi muito insistente, até incômodo. Você o conhece, Luciano?

— Sim. Você disse alguma coisa?

— Não. Expliquei-lhe que a investigação é sigilosa e que eu não poderia falar nada sobre o assunto. Fui taxativo.

— Ótimo. Então, o delegado conseguiu encurralar o dr. Elias?

— Sim. Após alguns dias na prisão o advogado do dr. Elias nos procurou para acertarmos uma confissão de culpa. Ele pretendia assumir sozinho a autoria do crime, sem qualquer participação do rabino, e foi libertado para responder ao processo como réu confesso e primário.

— É incrível tudo isso. Fiquei com pena dele. No fim, parece que o França tinha razão em dizer que não houve suicídio. O dr. Elias resolveu assassinar o rabino por uma visão doentia das coisas.

— Tenho grandes dúvidas se foi isso mesmo, Luciano. Acho que ele resolveu assumir a culpa para "limpar" a barra do rabino, mas não tenho certeza.

Enquanto conversavam, entrou na sala um auxiliar para dizer que o dr. Elias havia sido achado morto em sua casa.

— Como assim?

— Encontraram-no depois que um vizinho acudiu sua empregada, que o achou morto na cama. Aparentemente, ele autoinjetou algum medicamento. Parece que foi propofol. Havia algumas ampolas vazias ao lado da cama e ele estava com um soro na veia. O desgraçado preparou tudo direitinho. Era médico, não?

— Agora nunca mais saberemos a verdade, Alberto.

Naqueles dias, estava marcada a *Matzeivá* do rabino Rosen. Luciano notou que Estela já havia reservado um lugar para si mesma ao lado dele. Ela havia desenhado um túmulo que lembrava uma pequena abóbada rachada, feito em mármore rosa, com sulcos escurecidos. Não foi muito difícil entender o sentimento torturado que Estela havia congelado naquele mármore rosa sob o qual descansaria seu rabino.

GLOSSÁRIO

Menorá Espécie de candelabro de sete braços, um dos principais e mais difundidos símbolos do judaísmo.

Mezuzá Recipiente tubular contendo um pedaço de rolo de pergaminho no qual estão escritas passagens bíblicas que fazem parte do *Shemá* (oração da unicidade de Deus). Deve ser fixado no umbral direito da porta de cada cômodo da casa de todo judeu.

Shabat Também grafado como "Sabá", é o dia de descanso semanal do judaísmo. Deve ser observado a partir do pôr do sol da sexta-feira até o pôr do sol do sábado.

Pessach Festa da tradição judaica, conhecida também como "Festa da Libertação". É a Páscoa dos judeus, em que é celebrada a fuga do povo judeu da escravidão no Egito.

Kashrut Conjunto de leis do judaísmo que rege o consumo de alimentos. Alimentos sancionados pelas leis religiosas judaicas são denominados *kosher*.

Kaddish Nome dado à prece especial dita em cerimônias religiosas em memória de entes falecidos.

Bar mitzvá Rito que marca a chegada do garoto judeu aos treze anos, quando passa a ser reconhecido pela comunidade como *bar mitzvá* e é obrigado a cumprir todos os preceitos religiosos.

Bat mitzvá Rito que marca a chegada da garota judia aos doze anos, quando passa a ser reconhecida pela comunidade como *bat mitzvá* e é obrigada a cumprir todos os preceitos religiosos.

Matzeivá Inauguração da pedra tumular.

Este livro foi composto
em Chronicle e Futura
e impresso em papel
Pólen 80g/m^2 pela
RR Donnelley, em
Barueri - SP.